진

탁경은

라 유지

단요 ☺

숨은 초능력 찾기

숨은 초능력 찾기

이진 ✕ 하유지
탁경은   단요

차례

동물어 듣기 평가 * 이진

07

알고 싶다, 알고 싶지 않다 * 탁경은

67

치유자 심도담과 호랑이 메시아 * 하유지

121

상상하는 일 * 단요

175

| 첫 번째 리뷰 |

감정의 주파수를 맞추는
네 편의 이야기 * 허민영

229

| 인터뷰 클립 |

작가가 작가에게 묻다

237

동물어 듣기 평가

월요일, 그 애가 사라졌다.

단 한 번도 지각한 적도 조퇴한 적도 없는 그 애가 이번 주 월요일부터 학교에 나오지 않았다. 오늘은 금요일. 연이어 5일째 결석이다. 지금껏 우리 반에서 그렇게 오랫동안 결석한 애는 한 명도 없었다.

월요일에 그 애에게 메시지를 보냈더니 감기에 걸려서 못 나온다고 했다. 화요일에는 역시 몸이 안 좋다고 했다. 수요일부터는 메시지를 읽기만 하고 답장을 보내지 않았다. 어제부터는 아예 메시지를 확인도 하지 않는 채였다.

나는 걱정에 사로잡혀 복도를 서성이다 우연히 담임 선생님이랑 옆 반 선생님이 나누는 이야기를 들었다. 엿들을 생각은 없었는데, 담임 선생님 입에서 흘러나온 '등교 거부'라는 말에 귀가 절로 쫑긋해지고 말았다. 등교 거부라니, 그 애가?

"그럴 만한 애는 아니었는데……."

담임 선생님의 혼잣말이 밥 먹다 목에 걸린 생선 가시처럼 가슴을 후비고 들어왔다. '그럴 만한 애'란 어떤 애일까? 문제아? 일진? 은둔형 외톨이? 하지만 그 애는 어느 범주에도 속하지 않는 아이였는걸. 색깔도 냄새도 없고 기척도 없는 투명 셀로판지 같은 아이.

"솔직히 그럴 것 같았어."

2교시가 끝나자 반 아이들이 떠들어 댔다. 쟤들은 지난 금요일까지만 해도 그 애 이름이 '주'로 끝나는지 '수'로 끝나는지 몰랐을 애들이다. 멋대로 찧고 빻는 입방아 속에서 그 애는 구겨지고 다져져 새로운 형상으로 빚어졌다. 그리하여 점심시간이 되기도 전에 그 애는 '그럴 만한 애'로 다시 태어났다.

"응, 걔 그럴 줄 알았어. 예전부터 느낌 쎄했어. 아, 그래서 그랬나 보네."

너희가 뭘 아느냐고, 잘 모르면 입조심하라고 화를 내고 싶었지만 참았다. 나는 그 애 못지않게 교실에서 존재감이 약하니까. 그 애가 투명한 셀로판지라면 나는 반투명한 기름종이라고나 할까.

내 빈약한 존재감에 딱히 불만은 없다. 나는 굳이 무리 속에서 튀고 싶지 않다. 어차피 가만히 있어도 아이들은 귀신처럼 저들과 나의 차이를 눈치채고 나를 무리 밖으로 밀어 내니까. 나는 무리에 섞이지 않아도 별 상관없지만, 무리 밖으로 밀려나면 귀찮은 일들이 꼬리를 물고 생겨난다는 게 문제였다. 조별 과제를 한다든가, 담임 선생님이 뜬금없이 나랑 진지한 대화를 나누고 싶어 한다든가, 상담 선생님한테 보낸다든가, 급기야 우리 엄마랑 면담을 하고 싶어 한다든가 할 때.

초등학교 시절부터 엄마는 나 때문에 툭하면 학교에 드나들어야 했다. 그때의 경험 덕분에 나는 내 문제가 어른들 손에 넘어가기 전에 스스로 알아서 처리해야 삶이 조금이나마 평화로워진다는 진리를 일찌감치 깨우쳤다. 그 뒤로 나는 '내 문제는 나 스스로 알아서 처리하기'를 부단히 연구해 왔다. 튀지 않고 무리에 섞여 살아가려는 노력은 내 문제를 처리하는 나만의 방식이다.

그런 면에서 나와 그 애는 서로를 이해했다. 그 애가 나처럼 어릴 적부터 인생살이의 진리를 연구해 왔는지는 모르겠지만, 다른 사람들에게 제 문제를 드러내고 싶어 하지 않는다는 점에서는 같았다.

그런 그 애가 5일 연속 무단결석이라는, 우리 같은 부류의

기준에서는 전교생 앞에서 옷을 벗어 던지고 SNS의 라이브 방송 기능을 켜 놓은 채 춤을 추는 것과 같은 일을 저지른 거다. 투명한 셀로판지는 하루아침에 눈을 찌르는 형광빛 색종이가 되었다.

그 애는 어째서 그런 무모한 짓을 벌일 마음을 먹었을까? 물론 그렇게 마음먹은 데는 그 애 나름의 이유와 맥락이 있을 테지만 나는 알 수 없다. 그 애가 나에게 아무런 예고도 단서도 남기지 않았으므로.

지금 나에게 중요한 사실은 두 가지뿐이다.

첫째, 그 애가 나에게 아무 말 없이 사라졌다는 사실,

둘째, 그 애는 나에게 하나뿐인 '사람 친구'라는 사실.

"배불러."

하늘을 올려다보자 전깃줄 위에 까치 세 마리가 나란히 앉아 있었다. 한가운데 앉은 녀석이 꽁지깃을 끄덕이더니 파랗게 윤이 나는 엉덩이를 치켜들고 찍 똥을 갈겼다.

"배고파."

똥을 싼 까치는 날개를 활짝 펼치며 시원하게 기지개를 켰다. 나는 운동화 앞코에 묻은 새똥을 휴지로 닦으며 까치들을 노려보았다. 녀석은 부리로 까만 깃을 후비며 모른 척했다. 까

치들은 천생 불한당들이다.

나는 일부러 발을 세게 한 번 굴렀다. 그제야 까치들이 고개를 반 바퀴 돌려 나를 바라보았다. 나는 까치들에게 큰 소리로 물었다.

"너네 홍진주 봤어? 나랑 같은 교복, 노란색 가방에 긴 머리."

"배고파."

동문서답하는 걸 보니 그 애를 보지 못한 모양이었다. 애초에 까치들은 사람에게 별 관심이 없다. 그래도 이 길목은 우리학교에서 그 애가 사는 아파트로 이어지는 유일한 큰길이라 까치들이 목격자일 확률이 높았다.

"가방. 가방. 가방."

오른쪽에 앉은 까치가 노래하듯 답했다. 나는 대뜸 캐물었다.

"그래! 노란 가방 멘 아이 봤지? 언제 봤어?"

까치는 고개를 치켜들며 대답했다.

"달. 크다. 밝다."

김이 팍 샜다. 어젯밤에는 샛노란 구슬 같은 보름달이 떴다. 저녁에는 구름이 많다가 밤부터 날이 개었으니 까치가 달이 크고 밝다고 느꼈을 때는 한밤중이나 새벽 무렵이었을 것이다. 밤중에 혼자 어딜 간 거야? 걱정으로 속이 타들어 갔다. 나는 까치들을 뒤로하고 서둘러 걸었다.

그 애, 진주네 집은 아파트 13층이다. 왜 하필 13층이람, 재수 없게. 나는 엘리베이터 버튼을 누르며 쓸데없는 불길함을 느꼈다. 진주네 집에는 지금까지 딱 두 번 놀러 간 적이 있다. 하지만 진주 부모님이 집에 계실 때 가 보기는 처음이었다. 앞뒤 안 가리고 올라와 놓고서는 막상 초인종을 누르려니 망설여졌다.

"너 또 왔니?"

쨍한 목소리가 귀를 울렸다. 돌아보자 아파트 복도 한가운데서 빨간 목걸이를 찬 강아지가 날 빤히 올려다보고 있었다. 털이 곱슬곱슬한 초코우유색 푸들이었다. 옆집 현관이 반쯤 열려 있는 걸 보니 그 집 강아지인 모양이었다.

나는 눈을 깜박이며 물었다.

"너 나 알아?"

푸들은 풀썩 주저앉아 뒷발로 귀 뒤를 탈탈 털더니 늘어지게 하품을 하고는 말했다.

"그럼 알지. 너는 나 몰라? 너 지난달이랑 지지난달에도 여기 왔잖아? 네 친구가 그 집에 사니까. 매일 시끄러운 집."

본래 푸들은 개 중에서도 한 손 안에 들게 똑똑해서 말이 많고, 말도 얄밉게 잘한다. 강아지라고 해서 무조건 말을 잘하는 건 아니지만 새나 쥐보다는 훨씬 잘하는 편이다. 새들도 새

나름이다. 예를 들어 비둘기들하고는 말이 영 안 통한다. 깃이 갈색이고 숲에 사는 멧비둘기들은 또 달라서, 말이 꽤 통한다.

이게 내 문제다. 내가 스스로 알아서 처리해야 하는 나만의 문제.

나는 동물들과 말이 통한다.

길을 걷다 마른하늘에서 떨어진 날벼락을 맞거나 높은 곳에서 거꾸로 떨어지거나 교통사고로 머리에 부상을 입는 것 같은 계기가 있어서 동물들하고 말이 통하게 된 건 아니다. 그냥, 원래부터 통했다. 엄마의 자장가를 들으면 졸음이 오고 멀리서도 아빠 목소리를 알아채는 것처럼 나에게는 동물들의 말이 들리는 것이 당연하고 자연스러운 일이었다. 이 문제 때문에 어릴 때부터 귀찮은 일이 많았다. 나에게는 자연스러운 일이지만 엄마 아빠나 선생님들에게는 불편한 감정을 불러일으키는 문제였다.

"내 친구 집에 있어?"

물어봤더니 푸들은 진주네 집 쪽으로 고개를 쳐들고 콩자반처럼 까맣게 윤기 흐르는 코를 벌름거리더니 딱 잘라 말했다.

"없어."

"어디로 갔는지, 언제 나갔는지 알 수 있겠어?"

푸들은 귀찮은 듯 다시 제 귀를 긁더니 땅바닥에 코를 대고 신중하게 냄새를 맡았다.

"남쪽…… 남동쪽."

"정말? 언제 갔는데?"

"얼마 안 된 듯. 어제까지는 집에 있었으니까."

"고마워."

나는 감사를 표하고 엘리베이터 쪽으로 뛰었다. 푸들이 캥!

짖으며 나를 불러 세웠다.

"뭐야. 맨입으로 가기야?"

"미안. 다음에 보상할게."

"약속 꼭 지키렴."

푸들은 새침하게 쏘아붙였다. 나는 고개를 끄덕이며 엘리

베이터를 타고 진주네 아파트를 나왔다.

남동쪽이라……. 나는 지도 어플을 실행해 남동쪽 방향을

가늠해 보았다. 일단 한강이 앞길을 가로막았다. 한강을 건너

면 잠실, 개포, 대치동. 전부 우리 동네 애들은 그다지 갈 일 없

는 동네들이었다. 그보다 더 남쪽으로 계속 내려가면 분당, 판

교…… 강원도, 그다음에는 동해 바다.

헛웃음이 났다. 설마 동해까지 갔으려고? 하지만 진주가

집을 나간 지 벌써 몇 시간이나 지났다니까 모를 일이었다.

어디로 갔어, 왜 갔어. 갈 거면 나한테 말이라도 하고 가지.

전할 수 없는 원망을 곱씹으며 나는 남동쪽으로 걷기 시작했다.

"너 혹시 오늘 새벽에 노란 가방 멘 여자애 봤어?"

"노랑!"

버스 정류장 옆 쓰레기통 위에 앉아 있던 참새가 기운차게 외쳤다. 새들은 눈이 좋아 색깔을 잘 알아본다. 개와 고양이 들은 새만큼 색을 잘 구분하지 못하는 대신에 코와 귀가 좋아 사람은 생각지도 못하는 것들을 알아차린다.

"그래. 노랑 맞아. 그 노랑이 어디로 갔는지 알아?"

"쌀 나온다. 쌀. 쌀 많아 좋아. 쌀."

나는 고개를 절레절레 흔들며 다른 동물을 찾아 발길을 옮겼다.

마을버스 정류장 근처에 비둘기 여러 마리가 모여 있었다. 나는 비둘기들에게 말을 걸었다.

"저기, 뭐 하나 좀 물어보자."

비둘기들이 일제히 고개를 들고 나를 바라보았다. 나는 최대한 천천히 또박또박 말했다.

"너희들, 오늘 새벽에 노란 가방 멘 아이 봤어? 노란 가방, 나랑 같은 키, 같은 교복."

"가방?"

"교복?"

비둘기들이 고개를 갸웃거리며 되물었다. 이럴 줄 알았다. 나는 가방을 뒤져 학교 매점에서 산 옥수수과자 봉지를 꺼냈다. 순식간에 비둘기들의 눈빛이 바뀌더니 목에서 구르륵거리는 소리를 울리며 내 발치로 우수수 모여들었다. 나는 봉지를 살짝 뜯어 흔들어 보이며 비둘기들을 구슬렸다.

"더 잘 생각해 봐. 생각나면 과자 줄게."

"밥!"

"밥!"

비둘기들이 목을 쭉 빼고 합창했다. 쓸 만한 답이 나올 성싶지는 않지만 혹시나 하는 희망을 버릴 수 없었다.

"아이고, 엄마야!"

뒤에서 바삐 걸어오던 아줌마가 내 등에 부딪히며 비명을 질렀다. 나는 놀라 휘청거리다 과자 봉지를 바닥에 떨어뜨리고 말았다. 비둘기들이 일제히 푸드덕거리며 과자 봉지를 향해 뛰어들었다.

"안 돼! 아직 대답 안 했잖아!"

나는 소리 지르며 과자 봉지를 주워 들었다. 서두르다 봉지를 거꾸로 집는 바람에 과자 알갱이가 땅바닥으로 와르르 쏟아졌다. 설상가상으로 멀찍이 떨어진 육교 위에 앉아 있던 비둘기들까지 날아들어 왔다. 순식간에 길 한복판이 수십 마리가 넘는 비둘기로 뒤덮였다.

"얘! 이런 데서 짐승한테 밥을 주면 어떡해?"

옥수수 잔치를 벌이는 비둘기 떼에 휩싸인 아줌마가 얼굴을 찡그리며 나를 나무랐다. 나는 아줌마를 무시하고 옥수수과자에 경쟁적으로 고개를 처박는 비둘기들에게 되는대로 캐물었다.

"노란 가방 봤지? 어디로 갔어? 얼른 대답해!"

얼룩덜룩 제멋대로 생긴 비둘기가 고개를 쳐들고 답했다.

"저쪽."

비둘기의 조그마한 머리통이 향한 곳은 어림잡아 남쪽이었다. 역시 남쪽인가. 푸들과 비둘기의 의견이 일치하니 한결 확신이 섰다. 그렇지만 좀 더 자세한 정보가 필요했다.

"그래, 저쪽으로. 언제 갔어?"

비둘기는 말라붙은 커피 자국 같은 얼룩이 진 머리를 남쪽을 향해 고정한 채 새빨간 눈을 깜박이며 말했다.

"저쪽. 죽어."

등골이 서늘해졌다. 나는 빈 과자 봉지를 무의식적으로 움켜쥐며 부르짖었다.

"갑자기 무슨 말이야?"

"저쪽. 안 돼. 죽어."

동문서답하더니, 비둘기는 다시 바닥에 고개를 처박았다. 역시 비둘기는 별 도움이 안 된다. 나는 비둘기들을 뒤로하고 다시 걸었다.

거리의 동물들에게 탐문을 시작한 지 한 시간이 넘었지만 구체적인 단서가 잡히지 않았다. 새들은 말이 짧은 데다 제멋대로고, 길고양이들은 워낙 사람을 경계하는 탓에 말을 트기 어려웠다. 천원 숍에서 고양이 간식을 사 길고양이 두어 마리와 대화를 시도해 봤지만 쓸 만한 정보는 얻지 못했다.

버스 방향을 따라 한동안 걷다 진주네 아파트로 되돌아가기로 마음먹었다. 혹시 그사이에 진주가 돌아왔을지도 모른다는 생각이 들어 메시지를 보냈지만 여전히 묵묵부답이었다.

발바닥이 콕콕 쑤셨다. 나는 아파트 놀이터 벤치에 앉아 잠깐 쉬었다. 휴대폰의 건강 앱을 열어 보니 벌써 만 보나 걸었다. 짜증이 밀려들었다. 이게 다 뭐 하는 짓인지.

"간식 있어?"

고개를 들자 앞에 웬 고양이 한 마리가 앉아 있었다. 온통 새까맣고 앞발 두 개만 양말을 신은 것처럼 하얀 놈이었다. 푸둥푸둥 살이 쪄서 어지간한 강아지보다 덩치가 크고 반지르르 윤기가 흐르는 걸 보니 아파트 주민들이 살뜰히 돌봐 주는 녀석인 듯했다.

"있어도 너한테는 안 줘."

나는 퉁명스럽게 내뱉었다. 까만 고양이는 흰 양말 신은 앞발을 쭉 내밀며 기지개를 켜더니 벌러덩 드러누워 두둑한 뱃살을 자랑하며 능청스레 대꾸했다.

"에이, 그러지 말고 인심 좀 쓰지."

이러면 어쩔 수가 없다. 나는 피식 웃으며 가방에서 짜 먹는 고양이 간식 한 개를 꺼냈다. 그러자 고양이는 번개같이 일어나 내 다리에 넓적한 머리통을 비비며 기뻐했다. 나는 슬그머니 다리를 치우며 말했다.

"너 여기 살아? 혹시 오늘 새벽에 노란 가방 메고 단지 밖으로 나간 애 봤어?"

간식을 다 먹은 고양이에게 묻자 만족스럽게 처져 있던 고양이의 수염이 위로 확 치켜 올라갔다.

"진주?"

"아는구나! 그래, 홍진주. 그 애 어디 갔는지 알아?"

고양이는 닭 다리처럼 통통한 뒷다리를 천천히 핥으며 말했다.

"저 가고 싶은 데로 갔겠지. 따라가서 어쩔 건데?"

나는 조금 기분이 나빠져서 받아쳤다.

"넌 몰라도 돼. 어디 갔는지나 알려 줘. 내가 간식도 줬잖아."

"자기 갈 길로 갔겠지. 너는 네 길로 가면 되잖아."

이제 나는 완전히 기분이 상해서 소리쳤다.

"자꾸 딴소리할래? 걔 어디 갔냐고!"

"네가 뭔데?"

"나? 걔 친구다."

고양이는 찐 호박 속처럼 샛노란 눈을 깜박이며 되받아쳤다.

"나도 걔 친구야."

"친구라며, 넌 가출한 친구가 어디 갔는지 걱정도 안 돼?"

성을 내는 나를 향해 고양이가 동그란 머리를 갸우뚱하며 물었다.

"가출이 뭔데?"

"집을 나갔다고. 학교에도 안 왔어. 친구가 사라졌다고!"

고양이는 가만히 앉아 눈을 껌벅였다. 말은 내가 지금껏 만난 모든 길고양이들보다 잘 통하지만 본질적인 생각의 차이는 어쩔 수 없는 모양이었다. 그러나 고양이니까 탓할 수는 없다. 그래도 속이 탔다. 나는 두 손을 모아 애원했다.

"무슨 일 당하기 전에 찾아야 돼. 제발 좀 도와줘."

"하여간 너희들은 다 자란 다음에도 손이 많이 간다니까. 그럼 어디 한번 가 볼까."

고양이는 까만 꼬리를 느긋이 흔들며 아파트 정문을 향해 걷기 시작했다.

고양이는 남쪽으로 걸었다. 새까만 고양이를 앞세우고 길을 따라 걷는 나를 사람들이 힐끔거렸다. 휴대폰으로 사진을 찍는 사람도 있었다. 고양이는 내키는 대로 울타리나 담장 위로 뛰어올라 걷기도 했다. 나는 빌라 담벼락 위로 사뿐사뿐 걷는 고양이를 올려다보며 물었다.

"진주랑은 언제부터 친구였어?"

"오래됐지."

그러고 보니 진주가 나에게 고양이 사진을 보여 준 적이 있었다. 그때는 고양이가 여러 마리였다. 까만 애도 있고 노란 줄무늬, 젖소 무늬도 있었다. 그중에 까만 애가 이 녀석이었나 보다.

"밤마다 캔을 따 줬거든. 비가 오든 눈이 오든 하루도 안 빼고 나오는 근성이 마음에 들었지."

"얻어먹고 사는 주제에 말투가 좀 그렇다?"

"얻어먹다니? 내가 걔 없으면 뭐 굶고 사는 줄 알아? 안 먹어 주면 쫓아다니면서 얼마나 귀찮게 구는데. 자기 멋대로 이상한 이름으로 부르고 말이야."

"너 이름도 있어?"

"나더러 양말이라더라. '양말'이 뭔데?"

웃음이 터졌다. 나는 고양이에게 내가 신은 하얀색 발목 양말을 가리켜 보여 주었다. 고양이는 귀를 뒤로 젖히며 콧방귀를 뀌었다.

"어이가 없네. 아무튼 어젯밤에는 항상 캔 따 주는 시간에 그 애가 나오지 않았어. 캔 없어도 먹을 건 많으니까 별 상관은 없지만 조금 이상하기는 했지. 그러다 새벽에 그 애 발소리를 듣고 잠에서 깼어. 캔 냄새는 풍기지 않았고. 나가 보니까 그 애가 아파트 정문 쪽으로 혼자 걸어가고 있더라."

"그래서? 쫓아갔어?"

"일단 쫓아갔는데 땅 밑으로 내려가길래 그냥 돌아왔지."

때마침 눈앞에 지하철역이 나타났다. 양말이가 말하는 '땅 밑'은 지하철역을 뜻하는지도 모르겠다. 나는 망설임 없이 역으로 내려가는 에스컬레이터에 올라섰다. 뒤를 돌아보자 길 위에 우뚝 멈추어 앉은 양말이가 보였다.

"뭐 해? 안 가?"

내가 채근하자 양말이는 벌떡 몸을 일으키더니 왔던 길로 되돌아갔다. 놀란 나는 에스컬레이터를 역주행해 뛰어올라서 달아나는 양말이를 덥석 붙들었다.

"에취!"

양말이를 들어 올리는 순간 재채기가 터져 나왔다. 나는 양말이를 안아 든 채 연신 재채기를 해 댔다.

"에취, 네가 같이, 에취, 에취! 안 가면 어쩌라고?"

"땅 밑은 싫어!"

양말이는 까만 털을 내 교복 블라우스 앞섶에 마구 묻히며 발버둥을 쳤다. 나는 더는 못 견디고 양말이를 바닥에 도로 내려놓았다. 재채기는 열 번 넘게 터진 끝에 겨우 멎었다. 벌겋게 달아오른 얼굴에서 눈물과 콧물이 동시에 줄줄 흘렀다. 나는 반쯤 눈을 감은 채 가방에서 휴지를 꺼내 얼굴을 닦았다.

양말이는 몸을 한껏 웅크리고는 보도블록 틈새에 발톱까지 걸고 버티며 악을 썼다.

"작년 여름에 내 구역에서만 일곱 녀석이 빗물에 쓸려 갔어. 나는 죽기 싫어!"

지난해 여름 물난리가 떠올랐다. 그때 우리 아파트 지하실에는 어른 키만큼 물이 차올랐다. 우리 아파트랑 엇비슷하게 낡은 진주네 아파트 사정도 비슷했을 테고, 아파트 지하실에 모여 살던 길고양이들이 불어난 물속에서 목숨을 잃은 모양이었다. 양말이가 지하철을 무서워할 만도 했다.

"콜록콜록. 그럼 어떡해. 진주가 지하철역으로 내려간 것만 알지 어디로 갔는지는 모르는 거잖아."

"어디 갔는지는 알아."

"어떻게?"

"진주가 나한테 말해 줬으니까."

"정말?"

목소리가 갈라져 나왔다. 양말이는 내 손이 닿은 제 몸 구석구석을 혀로 싹싹 핥아 씻으며 볼멘소리로 답했다.

"혼자 살러 간다고 했어."

머리가 멍해졌다. 재채기와 기침 탓만은 아니었다.

"혼자 살러 간다고? 어디로……?"

"몰라. 아무튼 난 땅 밑에는 절대 안 내려가."

고등학생이 어디에서 어떻게 혼자 산다는 말이지? 그게 가능한 일인가? 살면서 한 번도 경험해 본 적 없고 생각해 본 적 없는 문제 앞에서 내 머릿속은 텅 비었다.

"다시는 안 돌아올 애를 쫓아가서 뭐 하게. 어서 돌아가자. 너 때문에 내 구역을 너무 오래 비웠어."

"다시는 안 돌아온다고? 진주가 그랬어? 왜?"

"나야 모르지."

"걔네 부모님은? 딸이 집을 나갔는데 찾지도 않아?"

"부모님이 뭐야?"

"엄마랑 아빠 말하는 거야."

"그렇군. 하지만 진주는 자기 엄마 아빠랑 살기 싫어서 나간다고 했는걸. 그건 다 자란 존재라면 누구나 겪는 지극히 당연하고 자연스러운 일이야. 나는 네가 왜 이렇게까지 난리를 피우는지 이해가 안 간다."

"너희 고양이들한테는 당연한 일일지 몰라도 우리가 이 나이에 집 나가서 혼자 사는 건 전혀 당연하지도 자연스럽지도 않은 일이야. 게다가 걔는 나한테 아무 말도 없이 나갔어. 무슨 일이 있는 게 분명해."

"그 비좁은 닭장에서 다 자란 인간 여럿이 부대끼고 사는 건 확실히 끔찍한 일이긴 하지."

"그런 문제가 아니라니까……. 아무튼 큰일이네."

양말이는 알을 품은 닭처럼 몸을 둥글게 옹송그리고 말했다.

"둘 다 싫어한다고 하더라."

"누가? 진주가 엄마랑 아빠 둘 다 싫대?"

양말이는 뒷발로 턱 밑을 탈탈 털며 내뱉었다.

"아니, 엄마 아빠 둘 다 자기랑 같이 살기 싫어한대."

어떻게 그럴 수 있지? 부모잖아. 부모가 자기 자식이랑 같이 살기 싫어할 수도 있나? 기막혀하는 나를 두고 양말이는 태연히 말했다.

"그만큼 자랐으니 당연한 일인데 진주는 화를 내더라. 뭐라더라? 자기 부모가 '양육권을 서로에게 떠넘긴다.'고 했어. 부모가 재혼할 때 걸림돌이 된다나. 재혼이 뭐고 양육권은 또 뭐야?"

"잠깐만. 정리 좀 하자. 걔네 엄마랑 아빠가 재혼을 하신다고? 그러면 이혼을 하신다는 거야?"

어안이 벙벙해졌다. 진주에게서 부모님이 이혼한다는 얘기는 한 번도 들은 적이 없었다. 나에게 숨긴 걸까, 아니면 진주도 모르는 사이에 진행된 일일까. 들은 적이 없으니 알 길도 없었다.

"너희는 한번 짝을 지으면 죽을 때까지 그 짝지랑만 같이 산다며? 참 이상하다니까."

"모든 사람들이 다 그렇게 사는 건 아니야. 아무튼 진주가 너한테 또 무슨 얘기를 했어? 뭐든 좋으니까 얘기 좀 해 봐."

양말이는 앞발가락을 핥으며 한술 더 뜨는 소리를 했다.

"진주 엄마는 다른 아빠를 만나고, 진주 아빠는 또 다른 엄마를 만난다나. 우리 고양이들처럼 살기로 한 것 같아. 너희들 치고는 현명한 판단을 내린 셈이지."

"그게 뭐야, 설마 불륜?"

나도 모르게 큰 소리로 부르짖었다. 가슴이 쿵쿵 뛰었다. 진주네 부모님이 불륜을 저지르고 있다니, 그래서 나에게도 말하지 못한 걸까. 하긴 나도 부모가 서로 불륜에 빠져 있다는 걸 알면 너무 창피해서 베프는 물론 세상 어느 누구에게도 털어놓지 못할 것 같긴 하다.

"불륜이 뭐야?"

"……그런 게 있어."

아무튼 그래서 진주 부모님은 불륜 끝에 이혼하기로 했고, 외동딸인 진주가 재혼에 걸림돌이 된다는 이유로 서로에게 양육을 떠넘기고 있다는 건가? 인터넷 커뮤니티에 올라오는 막장 사연이 떠올랐다.

"뭐 그런 부모가 다 있어?"

경멸을 꾹꾹 눌러 담아 내뱉는 나에게 양말이가 천연스레 물었다.

"'부모'는 엄마랑 아빠를 뜻하는 말이라며? 그러면 부모가 뭐 별건가. 자식을 낳으면 부모지."

"낳기만 하면 부모야? 자식이 어른이 될 때까지 제대로 책임을 져야 부모지!"

"자기 인생은 자기 스스로 책임지는 거야. 하여간 너희들은 덩치 크고 포악하지만 속은 나약하기 짝이 없는 존재들이라니까."

양말이는 늘어져라 하품을 하며 중얼거렸다. 너는 그 나약한 인간들이 주는 밥 얻어먹고 통통하게 살이 오른 주제에, 쏘아 붙이고 싶었지만 오후 햇볕을 쬐며 게슴츠레 실눈을 뜨는 양말이의 포동포동한 얼굴을 보고 있자니 말문이 막혔다. 이 까만 고양이에게는 아무래도 말로는 이길 수 있을 성싶지 않다.

"혼자 집 나가서 떠돌다 무슨 일이라도 당하면 어떡해?"

속이 탔다. 다짜고짜 혼자 살겠다고 집을 나가다니. 아무리 우리가 철없는 애들이라지만 지나치게 어리석은 짓이다. 내가 아는 신주는 학교와 집만 오가며 사는 아이였다. 존재감 없는 투명 셀로판지가 얼토당토않은 일을 저질렀다. 말하자면 진주의 계획은 아무래도 성공할 가능성이 낮다는 뜻이다.

"친구가 도와줄 거라고 했어."

"친구? 어떤 친구?"

"강남 사는 친구."

진주한테 강남에 사는 친구가 있다고? 내가 아는 한 진주의 친구는 나뿐이고, 나에게도 사람 친구는 진주뿐이었다. 어리 둥절함이 지나간 자리에 섭섭함이 차올랐다. 진주가 나 몰래 다른 친구를 만들다니. 온라인에서 사귄 친구일까? 남자일까 여자일까? 설마 어른은 아니겠지?

"이러고 있을 때가 아니야. 어떡하든 진주를 만나야 해."

양말이는 태평스레 제 발바닥을 핥기만 했고 나는 안달이 났다. 문득 진주의 SNS 계정이 떠올랐다. 몇 달 전 둘이 함께 가입해서 며칠 놀아 보다가 재미가 없어져 함께 그만두었더랬다.

나는 휴면 상태인 SNS 계정을 되살려 진주의 계정을 확인해 보았다. 진주의 계정은 나와 함께 SNS를 그만둔 날짜에서 멈추어 있었다. 실망해서 SNS 어플을 삭제하려는 찰나, 진주에게 내가 모르는 또 다른 계정이 있을지도 모른다는 생각이 들었다.

나는 진주의 계정을 좀 더 신중히 살펴보았다. 진주의 계정에는 맞팔로워가 딱 네 사람뿐이었다. 하나는 진주가 좋아하는 쇼핑몰 계정이고 다른 하나는 내 계정, 하나는 고양이 동영상 계정이고 나머지 하나는 '흰양말'이라는 이름의 계정이었다. 흰양말 계정의 프로필은 까만 고양이가 하품하는 얼굴을 찍은 사진이었다. 나는 곧바로 그 계정에 들어가 보았다. 까맣고 통통한 고양이 사진 여러 장이 올라와 있었다. 어디서 본 녀석 같아 사진을 확대해 보니 아니나 다를까 양말이었다. 진주가 직접 찍어 나에게 보낸 양말이 사진과 똑같은 사진이 올라와 있었다.

양말이 사진들 사이사이에 계정주의 혼잣말이 눈에 띄었다.

— 또 *싸운다*. 또 옆집에서 층간 소음 민원 들어오겠네.

한 달 전 새벽 두 시에 올라온 글 내용에 심장이 뛰었다. 이제 확신할 수 있다. 이 계정은 진주의 비밀 계정이다. '또 싸운다'는 건 진주 부모님 이야기일까?

― 나한테 대놓고 말은 못 하고 서로 수동 공격 하는 꼴이 웃긴다.

― 나 때문에 지들 남친 여친이 부담 느낀다는 듯? 막장 드라마 찍고 있네.

― 매일 옆집 아랫집에서 민원 오는 거 너무 쪽팔리고 지겨워. 그냥 내가 사라져야지. 어차피 신경도 안 쓰겠지만. ㄱ

일기 같은 혼잣말들을 읽어 내리며 나는 가슴이 먹먹해졌다. 내가 전혀 눈치채지 못한 진주의 생각과 온갖 감정이 비밀 계정에 고스란히 담겨 있었다. 이웃에게 항의 받을 정도로 심하게 싸우는 부모님 때문에 집에서 사라지고 싶어 했던 진주. 우리 엄마 아빠는 딱히 서로 닭살 돋게 친하지는 않지만 내 앞에서 싸우는 일은 거의 없다. 엄마 아빠가 매일 새벽까지 싸워 대면 나라도 집 나가고 싶을 것 같다. 그 싸움의 이유가 다름 아닌 나라면 더욱.

딱 한 번 엄마 아빠가 나 때문에 크게 싸운 적이 있었다. 초등학교 2학년 여름 방학, 난생처음 상담 치료 센터에 다녀온 날 저녁이었다. 나는 그때 집 앞 살구나무에 앉은 참새들의 재잘거림에 정신이 팔려 엄마 아빠가 무슨 말을 하는지 제대로 듣지는 못했지만, 이 말 하나는 똑똑히 기억했다.

"애가 저렇게 된 건 전부 당신 때문이야."

내가 이렇게 된 건 과연 누구 때문일까? 나야말로 궁금했지만 엄마 아빠는 끝내 해답을 찾지 못했다.

나는 누구를 닮았을까? 엄마도 아빠도 사람하고만 대화하지 동물하고는 대화할 줄 모른다. 반려동물을 가족처럼 끔찍이 여기는 사람들도 동물과 대화할 줄은 모른다는 것을 나는 유치원 다닐 때부터 알 수 있었다. 그들은 자기 말이 동물에게 통할 거라고 일방적으로 믿을 뿐이었다. 그 사람들이 멍청하다고 생각하지는 않는다. 그저 가치관이 나와 다를 뿐이다. 나는 엄마 아빠와 상담 치료 센터 선생님에게도 같은 요지의 말을 전했지만 그들이 이해했는지까지는 알 수 없었다. 이해하지 못한다 해도 나로서는 어쩔 수 없는 일이기도 했다.

— 비 너무 많이 온다. 양말이 어떡해. 아파트 관리실 아저씨가 지하실 창문 다 막아 버렸는데.

— 양말이 입양하고 싶다고 엄마한테 말 꺼냈다가 씹힘. 남친이랑 영통하느라 내 말 듣지도 않음. ㅋ

그러고 보면 진주는 나에게 양말이를 입양하고 싶다고 말한 적이 있다. 그때마다 나는 '길고양이는 사람을 믿지 않으니

까 포기해.'라고 말했다. 나는 동물들과 대화를 나누며 알게 된
사실을 솔직하게 말해 주었을 뿐이지만 괜한 소리를 했다는 생
각이 이제 와 들었다. 진주가 전쟁터 같은 집에서 마음을 기댈
존재는 양말이뿐이었는지도 모르는데.

뒤늦은 후회를 곱씹으며 나는 계속해서 진주가 남긴 흔적
을 탐색했다. 흰양말 계정의 가장 최근 업데이트 날짜는 불과
이틀 전이었다.

이틀 전, 진주는 '절제'라는 닉네임의 계정과 긴 대화를 나
누고 있었다. 이건 또 누구일까. 나는 진주와 절제가 나눈 대화
목록을 하나하나 빠짐없이 되짚어 나갔다. 절제가 흰양말에게
보낸 말이 눈에 들어왔다.

— 제가 삼성역에서 자취하거든요. 바로 앞이니까 같이 가
실래요?

그 뒤로 두 사람이 나눈 대화 내용은 띄엄띄엄 지워져 있
어 정확한 맥락을 파악하기 어려웠다. 대화 타래의 맨 끝에 남은
말은 절제가 흰양말, 그러니까 진주에게 보낸 말이었다.

— 디엠 확인 부탁드려요~.

뭐지? 진주는 삼성역에서 자취하는 절제라는 사람이랑 만날 약속을 잡은 건가? 대화 내용을 군데군데 삭제한 건 집 주소나 휴대폰 번호 같은 개인 정보가 들어가 있어서였을까? 그렇다면 양말이가 말한 진주의 '강남 사는 친구'는 아무래도 '절제'일 확률이 높다.

나는 양말이에게 물었다.

"너 혹시 진주한테 삼성역으로 간다는 말 들었어?"

"몰라?"

"잘 좀 생각해 봐."

"강남에 간다고 했고, 땅 밑으로 내려갔어. 내가 보고 들은 건 그뿐이야."

아무튼 강남으로 간다고는 했다 이거지. 확증은 없지만 심증은 굳었다. 우리 동네 전철역은 6호선이니까 합정역에서 2호선으로 갈아타고 한참을 가야 코엑스가 있는 삼성역이다. 상당히 먼 길을 떠나야 한다. 내 머리가 '확증 편향'이라는 함정에 빠져드는 중인지도 모르지만.

나는 삼성역에 가 보기로 마음먹었다.

땅 밑으로는 절대 내려가지 않겠다는 약속을 한 다음에야 양말이는 묵직한 몸을 일으켰다. 인간인 내가 고양이인 양말이와 함께 먼 길을 떠나는 건 아주 큰 불편을 감수해야 하는 일이었다. 나는 마스크를 쓰고 양말이는 가방에 넣어서 강남 방향으로 가는 시내버스를 탔다. 양말이는 몹시 불편한 기색이었지만 어쩔 수 없었다.

"야옹이다!"

우리 앞자리에 앉은 아이가 살짝 열어 둔 가방 지퍼 틈으로 주둥이를 내민 양말이를 발견하고 소리를 질렀다. 버스 기사 아저씨가 거울로 뒤쪽을 힐끔 보더니 호통을 쳤다.

"학생! 동물 데리고 타면 안 돼요!"

엎친 데 덮친 격으로 양말이는 가방 안에서 몸부림을 치기 시작했다.

"숨 막혀 죽겠어! 나갈래!"

양말이의 처절한 호소는 다른 사람들에게는 날카롭게 하악거리는 울음소리로만 들린다. 앞자리 아이가 무서워하는 표정으로 어깨를 움츠렸고, 내 앞에 아기를 안고 선 아줌마는 나를 향해 이맛살을 찌푸렸다. 맞은편에 앉은 할아버지는 나와 양말이를 귀신 보듯 뚫어지게 노려보았다. 게다가 내 마스크 속에서는 참고 참았던 재채기가 터지고 말았다. 고요했던 버스 안이 순식간에 아수라장이 되었다.

기사 아저씨가 브레이크를 밟으며 크게 소리쳤다.

"당장 내려요!"

어쩔 수 없이 다음 역에서 내렸다. 나와 양말이에게 남은 이동 수단은 여섯 개의 다리뿐이었다. 우리는 낯선 동네의 길을 따라 강남을 향해 무작정 걷기 시작했다. 휴대폰 지도 앱은 앞으로 3.5킬로미터쯤 걸어가면 한강이 나오는데 거기서 청담대교를 건너라고 안내했다. 도보로 삼성역까지 예상 소요 시간은 1시간 40분.

"네가 조금만 참았으면 걸을 일도 없잖아."

한마디 했더니 양말이가 버럭 성을 냈다.

"야, 너도 냄새나는 가방 속에 한번 갇혀 볼래? 나만큼 오래 참을 수 있을 것 같아?"

할 말이 없었다. 나는 엄마에게 친구랑 노느라 조금 늦게 들어간다는 메시지를 보내고 계속 걸었다. 해가 조금씩 서쪽으로 기울어 가고 있었다. 과연 삼성역에 가면 진주를 만날 수 있을까? 삼성역은 장난 아니게 넓은 지역이다. '모래사장에서 바늘 찾기'라는 속담이 떠올랐다.

이성이 발걸음을 늦추기 전에 서둘러 몸을 움직였다. 진주를 걱정하는 마음 한구석에는 그 애 얼굴을 보며 따져 묻고픈 마음도 있었다. 이 갑갑함과 서운함을, 너를 영영 잃어버릴까 두려워 어쩔 줄 모르겠는 마음을 너는 책임져야 할 거야, 홍진주.

"배고파 죽겠어."

양말이가 불평했다. 나도 배가 고팠다. 나는 빌딩 틈새에 난 좁은 골목으로 들어가 가방에서 간식을 꺼냈다. 하나는 내 간식이고 하나는 고양이용 간식이었다. 먼저 양말이에게 간식을 주고 나도 학교 매점에서 산 초콜릿 바를 먹었다. 마실 것도 가져올걸. 이렇게 긴 여행이 될 줄은 몰랐다.

"와, 귀엽다."

별안간 등 뒤에서 낯선 목소리가 들리더니 담배 냄새가 훅 풍겼다. 어른들이 담배를 피우며 골목으로 들어와 간식을 먹는 양말이에게 웃으며 말을 걸었다. 놀란 양말이는 먹던 간식을 팽개치고 골목 안쪽으로 부리나케 달아났다. 나는 반사적으로 양말이를 쫓아 뛰었다. 어디로 갔는지 보이지 않았다. 한참 두리번거린 끝에 골목 안쪽의 낡은 주택 담장 위에 웅크린 양말이의 까만 몸통을 찾았다.

"괜찮아?"

"너라면 괜찮겠니?"

양말이는 수염을 바짝 곤두세우고 화를 냈다. 말은 험하게 하지만 몹시 두려워하는 기색이었다. 나는 미안한 마음에 양말이에게 간식을 하나 더 꺼내 주었다. 고양이들은 여간해서 제가 터 잡은 구역을 벗어나지 않는다. 이렇게 먼 길을 떠나는 건 양말이 평생 처음 겪는 일인지도 몰랐다.

"진주는 괜찮을까?"

나는 담장에 걸터앉아 간식을 먹는 양말이를 지켜보며 중얼거렸다. 양말이는 다 먹은 간식 봉지를 질겅질겅 씹으며 내쏘았다.

"너는 왜 그렇게 진주를 못 찾아서 안달이야?"

"걱정되니까 그러지. 너도 진주 친구면서 걱정이 안 돼?"

"걱정이 뭔데? 저마다 자기 갈 길이 있고 선택은 스스로의 몫이야."

"참, 나. 그러면서 왜 여기까지 따라왔어? 진주가 캔 안 줘도 먹을 거 많다며?"

"내가 캔 안 먹어 주면 걔도 저녁을 안 먹으니까 그러지."

"그게 바로 걱정이라는 감정이야."

양말이는 못 들은 척 앞발에 침을 묻혀 마른세수를 했다. 양말이와 대화하는 나를 지나가던 아저씨가 무례한 눈길로 빤히 바라보았다. 나도 질세라 아저씨를 똑바로 노려보자 아저씨는 "허, 참!" 하고 중얼거리며 시선을 피했다.

우리는 다시 발걸음을 재촉했다. 지도 어플이 알려 주는 대로 열심히 걸어 한강으로 이어지는 나들목까지 왔다. 이제 다리를 건너 강남으로 가는 일이 남았다. 멀찍이 올려다보이는 한강

다리 위에는 자동차들이 무서운 속도로 달리고 있었다. 나는 양말이가 걱정되었다.

"양말아, 미안하지만 가방에 한 번 더 들어가야겠다."

양말이는 대답 없이 길 위에 바짝 얼어붙은 채 꼼짝도 하지 않았다. 양말이의 시선이 못 박힌 한강 나들목 저편에는 커다란 개 한 마리가 있었다. 털이 새하얗고 덩치가 우람한 진돗개였다. 진돗개가 고개를 번쩍 들더니 양말이를 똑바로 보며 눈을 번뜩였다. 곧이어 녀석은 온 힘을 다해 우리 쪽으로 돌진해 왔다.

"야! 야! 야! 너 거기 딱 가만있어! 거기에 딱! 알았지! 응!"

진돗개는 입가에 거품을 물며 양말이를 향해 소리를 질렀다. 개 주인은 어, 어, 하며 줄을 끌어당겼지만 개의 힘을 이기지 못하고 질질 끌려왔다. 나는 내가 결코 진돗개를 힘으로 이길 수 없다는 판단을 내리기도 전에 양말이 앞을 막아섰다.

다음 순간 개 주인이 균형을 잃으며 줄을 놓쳤다. 자유의 몸이 된 진돗개가 쏜살같이 달려왔다. 그러자 양말이는 죽을힘을 다해 달아났다. 제비처럼 쏜살같이 뛰는 양말이를 진돗개가 바짝 뒤쫓고, 개 주인과 내가 한참 뒤처진 거리에서 내달렸다.

진돗개에게 붙들리기 직전에 양말이는 길가에 선 화물 트럭 밑으로 뛰어들어 몸을 숨겼다. 트럭 앞에서 으르렁거리는 개를 주인이 간신히 붙들어 끌고 돌아갔다. 나는 땅바닥에 납작

엎드려 양말이를 불렀다.

"양말아? 양말아!"

양말이가 보이지 않았다. 까만색이라 안 보이나 싶어 휴대폰 조명을 켜 구석구석 비춰 보았지만 그래도 보이지 않았다. 나는 당황해서 주변을 둘러보았다. 까맣고 통통하고 앞발에 하얀 양말을 신은 고양이는 어디에도 보이지 않았다. 야외에서 몸을 숨긴 길고양이를 찾아내는 건 사람에게는 불가능에 가까운 일이다. 더군다나 여기는 나도 처음 와 보는 동네다.

"방금 도망간 까만 고양이 어디 갔는지 알아?"

다급해진 나는 눈앞의 가로수에 앉은 참새들에게 물었다.

"못 잡아, 절대 못 잡아."

참새들이 약 올리듯 조잘거렸다. 어떡하지. 양말이가 가 버렸다. 나는 양말이 이름을 부르며 주변을 돌아다녔지만 허사였다. 해는 어느새 서쪽으로 넘어가고 사위가 어둑어둑해졌다.

큰일 났다. 진주가 아끼는 고양이를 잃어버리고 말았다.

양말이는 혼자서 진주네 아파트로 돌아갈 수 있을까? 지도 앱으로 살펴보니 이 동네는 우리 동네에서 10킬로미터나 떨어진 곳이었다. 개라면 몰라도 영역 동물인 고양이는……. 눈앞이 캄캄했다. 진주가 알면 얼마나 속상해할까? 캔을 날마다 챙겨 줄 만큼 좋아하는 고양이인데. 진주를 만나면 뭐라고 변명하지? 그나저나 일단 진주를 만나야 변명이든 사과든 할 수 있을 텐데.

기분 울적한 날 편의점 빵을 마구잡이로 사 먹고 체했을 때마냥 가슴이 묵직하게 메어 들었다. 내가 잘못했다. 괜히 진주를 찾는다고 해서. 내가 뭐라고. 친구가 뭔데. 어차피 진주는 내가 아닌 다른 친구를 만나러 갔는걸.

가로등에 주홍빛 불이 들어왔다. 어둠이 내려앉아 저녁이 되었다. 모르는 동네에 멀뚱히 서서 양말이가 돌아오기만 기다리느냐, 진주를 찾으러 떠나느냐. 한참 고민하던 나는 쇳덩이를 매단 것처럼 무거워진 발걸음을 옮겼다.

버스를 타고 삼성역에 내리자 캄캄한 밤이었다.

진주는 삼성역에서 '절제'와 만났을까? 그 사람이랑 같이 그 사람네 집으로 갔을까? 그렇다면 더는 내가 할 수 있는 일이 없다. 절제네 집이 어딘지 이 동네에 사는 동물들에게 일일이 캐물어 알아낸다 해도, 초대받지 않은 내가 그 사람 집에 들어갈 수는 없을 테다. '절제'가 남자인지 여자인지도 모른다. 만일 남자라면 정말 위험한 일이 일어날지 모르는데.

더 큰 문제는 이 동네에서는 동물이 눈에 띄지 않는다는 점이었다. 고층 빌딩과 호텔과 넓은 도로로 뒤덮인 이곳에는 동물은커녕 벌레 한 마리 숨 쉬고 살 틈조차 없어 보였다. 나는 고개를 죽 빼고 필사적으로 새를 찾았다. 어떤 곳에도 하늘은 열려 있고 새는 반드시 있다.

때마침 머리 위에서 커다란 까마귀 울음소리가 들려왔다. 귀가 번쩍 뜨였다. 까마귀는 새 중에서 제일 똑똑하고 말도 잘한다. 나는 두 손을 입가에 모으고 힘껏 까마귀를 불렀다.

"저기! 오늘 이 근처에서 나랑 똑같은 옷 입은 애 봤어? 노란 가방을 멨어."

"본 것 같기도 하고, 못 본 것 같기도 하고."

까마귀들이란! 다 알아듣는 주제에 딴청을 피우는 까마귀에게 화가 났지만 아쉬운 건 내 쪽이니 어쩔 수 없었다. 급히 가방을 뒤졌지만 마지막으로 남은 과자는 고양이 간식뿐이었다. 나는 어쩔 수 없이 고양이 간식을 꺼내 들었다. 까마귀는 자존심이 상한 듯 까맣게 윤기 흐르는 머리를 흔들며 빈정거렸다.

"뭐야. 그 냄새나는 걸 나더러 먹으라고?"

"미안. 이것밖에는 가진 게 없어. 노란 가방 봤으면 제발 말 좀 해 줘."

나는 고양이 간식을 바닥에 조금 뿌렸다. 까마귀는 사방을 주의 깊게 살펴보고는 바닥으로 내려와 간식을 한두 알 맛보았다. 나는 초조한 심정으로 까마귀의 기색을 살폈다.

"이제 기억나?"

조심스레 묻자 까마귀는 바둑알처럼 까만 눈으로 나를 빤히 바라보며 말했다.

"말하는 인간은 오랜만이네."

나는 놀라 되물었다.

"나 같은 사람이 예선에도 있었어?"

"한참 전에 하나 있었지. 저 뒷골목에 자주 왔는데 얼마 전부터 안 보여. 그때도 많이 늙었으니까 이제는 죽었는지도."

"아무튼 나랑 같은 교복 입은 노란 가방 여자애, 봤어?"

"본 것 같기도 하고, 못 본 것 같기도 하고."

속이 터져서 얼굴을 찡그리자 까마귀가 고개를 홱 치켜들었다.

"이 개밥은 도저히 못 먹겠다. 갈래."

"제발 가지 마. 내가 너한테 뭘 주면 기억이 나겠어?"

까마귀는 고개를 돌려 나를 물끄러미 보며 말했다.

"그건 네가 생각해야지."

나는 가방을 뒤져 화장품 파우치를 꺼냈다. 파우치 지퍼 고리에는 방학 때 진주랑 뽑기 기계에서 뽑은 캐릭터 열쇠고리가 달려 있었다. 나는 열쇠고리를 떼어 내 손가락에 걸고 살살 흔들었다. 큼직한 가짜 보석으로 만들어진 열쇠고리가 좌우로 흔들릴 때마다 번쩍번쩍 빛이 났다. 그걸 본 까마귀 눈에서도 빛이 번뜩였다.

"이거는 어때?"

까마귀는 열쇠고리를 뚫어져라 보며 커다란 날개를 푸드덕거렸다. 당장이라도 나에게 달려들어 열쇠고리를 낚아채고 싶은 눈치였다. 나는 열쇠고리를 두 손으로 단단히 움켜쥐고 말했다.

"이제 좀 기억이 나니?"

"노란 가방, 해 떨어질 때 빠른 쇳덩이 타고 갔어."

"빠른 쇳덩이? 버스를 말하는 거야, 전철을 말하는 거야?"

"저 앞에 오는 쇳덩이 말야."

우리가 있는 곳에서 조금 떨어진 큰길가에는 버스 정류장이 있고 시내버스 여러 대가 줄지어 오가고 있었다. 진주는 버스를 타고 떠났구나.

"몇 번 버스인지는 알아?"

"무슨 말이야? 당장 그거 내놓기나 해."

까마귀는 무척 똑똑한 동물이지만 숫자 읽기까지 기대하는 건 지나친 바람이다. 나는 마지막으로 물었다.

"그러면 쇳덩이가 무슨 색이었고 어느 쪽으로 갔는지라도 알려 줘."

"초록색이었고, 저쪽으로."

까마귀는 한쪽 날개를 들어 올리며 답했다. 나는 약속대로 보도블록 위에 열쇠고리를 내려놓았다. 바닥에 열쇠고리가 닿기도 전에 까마귀가 쏜살같이 날아들어 열쇠고리를 낚아챈 뒤에 하늘로 솟구쳐 올랐다. 열쇠고리는 진주와 커플로 뽑은 것이었다. 진주 파우치에도 나와 똑같은 열쇠고리가 달려 있다. 진주에게 미안했지만 어쩔 수 없었다. 다 너를 찾기 위해서니까.

까마귀가 가리킨 방향은 삼성역에서 더 서쪽, 버스는 초록색 지선버스였다. 코엑스 앞 버스 정류장에 정차하는 시내버스는 수십 대에 달했고 초록색 버스만 따로 꼽아 보아도 열 대가 넘었다. 이제부터는 순전히 나의 감에만 의지해야만 했다. 좋게 말해 감이지 그냥 찍기였다. 내가 세상에서 제일 못하는 게 바로 찍기다. 시험 보다가 막힐 때도 어떻게든 내가 생각해서 풀지 찍기는 안 한다. 나는 최대한 머리를 굴려 보았다.

진주는 해 질 무렵에 지선버스를 타고 삼성역을 떠났다. SNS 친구 '절제'하고는 만나지 못한 걸까. 또는 만난 뒤에 헤어졌거나 절제와 함께 떠났는지도 모른다. 두 사람, 또는 한 사람은 어디로 갔을까. 나는 무슨 말 한마디라도 올라와 있기를 빌며 진주의 SNS 비밀 계정에 다시 들어가 보았다.

흰양말 계정에는 사진 한 장이 올라와 있었다. 지금부터 딱

10분 전에 업데이트된 사진에는 밤하늘에 둥실 떠오른 빨간색 풍선이 찍혀 있었다. 사진을 확대해 보니 풍선이 아니라 사람이 타는 바구니가 달린 열기구였다. 대체 우리나라 어느 곳에서 밤 중에 열기구가 뜨지? 황당해하는 내 머리 위에서 발가락에 열쇠 고리를 반지처럼 끼운 까마귀가 한마디 했다.

"바보."

순간 멀리서 3418번 초록색 지선버스가 달려오는 것이 보였다. 잠실 방향으로 가는 버스였다. 그제야 생각났다. 사진에 찍힌 열기구는 잠실의 유명 놀이공원에 있는 놀이 기구였다. 나는 그 기구를 탄 적이 있다. 그때도 빨간색 기구였다. 이제 기억이 선명해졌다. 진주하고 같이 탔으니까.

버스를 타고 잠실에서 내렸다. 놀이공원 입구로 이어지는 지하상가 길목에는 다 놀고 집으로 돌아가는 사람들이 줄지어 흘러나오고 있었다. 나는 인파를 반대로 거슬러 놀이공원 입장권을 샀다. 반일권이라 해도 입장권은 비쌌지만 큰맘 먹고 남은 용돈을 탈탈 털어 들어갔다. 야간 개장을 한 놀이공원에는 흥겨운 노래와 번쩍이는 레이저 조명이 가득했다. 들어와 보니 생각보다 많은 사람들이 늦도록 놀고 있었다. 또다시 모래사장에서 바늘 찾기 시작이었다. 여기도 동물이 있지 않을까? 눈앞에는 커다란 야자나무가 서 있고 그 위에서 낭랑하게 지저귀는 새소리가 들렸지만 전부 가짜였다.

나는 진주를 찾아 놀이공원 곳곳을 돌아다녔다. 종종 교복 입은 아이들이 눈에 띄었지만 우리 학교 아이는 보이지 않았다. 애들한테 혹시 진주를 봤느냐고 물어볼까 생각해 보았지만 막상 말을 걸려 하니 입이 떨어지지 않았다. 나에게는 동물보다 사람이 훨씬 말 붙이기 어려운 존재라는 걸 새삼스레 깨달았다. 이렇게 넓은 곳에 사람 말고는 다른 생명이 없다니. 완벽한 인공의 공간에서 나는 방향 감각을 잃은 강아지처럼 빙빙 돌았다.

한참을 돌아다니다 밖으로 나왔다. 놀이공원은 실내 공간과 실외 공간으로 나뉘어 있었다. 호수 위에 가로놓인 다리를 건너자 디즈니 애니메이션 로고를 빼닮은 마법의 성이 나타났다. 예쁘게 불을 밝힌 성에 나도 모르게 시선을 빼앗겼다. 이 다리 위에서 진주랑 같이 인증 사진을 찍은 기억이 났다. 그때는 진주가 부모님 때문에 가출하리라고는 상상도 못 했다.

"너 어디 있는 거야. 진짜 이러기야."

나는 눈부신 성을 올려다보며 중얼거렸다. 지치고 막막하고 피곤하고, 무엇보다 배가 고팠다. 점심나절부터 내가 먹은 거라고는 초콜릿 바 한 개뿐이었다. 지나가는 아기 손에 들린 커다란 솜사탕이 침이 꼴깍 넘어가도록 맛있어 보였다. 한 입 베어 물면 얼마나 달콤할까? 한숨을 쉬며 다리 밑을 내려다보자 헤엄쳐 가는 청둥오리 떼가 눈에 보였다. 그렇다. 이곳은 널따란 호수 위에 지어진 인공 섬이고, 호수에는 살아 있는 것들이 있기 마련이다. 나는 부리나케 오리들에게 말을 붙였다.

"너희들! 혹시 여기서 노란 가방 멘 아이 봤어? 나랑 같은 옷을 입었어."

오리들은 내 말을 무시한 채 우아하게 물살을 가르며 다리 밑으로 모습을 감추었다. 오리 떼 행렬의 맨 끝에 뒤처져 가던 수컷 오리 하나가 고개를 들고 나를 쳐다보았다.

"노랑이, 방금 전에 봤어."

"방금 전? 어디에서 봤어?"

오리는 제자리에서 천천히 빙글빙글 돌며 대답했다.

"성문 앞에서 봤어. 우리한테 과자 줬지. 너도 과자 있니?"

대답할 겨를도 없이 나는 인공 섬 한가운데에 지어진 마법의 성을 향해 뛰었다.

성 안으로 들어가 봤지만 진주는 없었다. 잘 보니 성에는 출입문이 여러 개였다. 나는 성 위층으로 이어지는 돌다리를 뛰어올랐다. 성 위층에는 놀이공원과 호수를 내려다볼 수 있는 발코니가 있었다. 여기서 내려다보면 진주가 보일지도 모른다.

"어?"

발코니에 올라가자마자 외마디 비명이 들렸다. 귀에 익은 목소리였다. 저 앞에 거짓말처럼 진주가 나를 향해 눈을 동그랗게 뜨고 서 있었다.

"네가 왜 여기 있어?"

"너야말로."

진주는 주춤거리며 나에게로 걸어왔고 나도 진주에게로 다가갔다. 온종일 찾아다니기는 했지만 이런 곳에서 만날 줄이야. 성 앞의 놀이 기구에 탄 사람들이 내지르는 비명이 우스꽝스러운 효과음처럼 들려왔다.

"정말로 너 여기 왜 온 거야? 누구랑 놀러 왔어?"

진주가 먼저 내게 물었고 나는 욱해서 소리쳤다.

"놀러 오기는? 너 찾으러 왔지!"

진주는 입을 다물었다. 나는 진주의 교복 소매를 붙들고 다그쳤다.

"학교는 왜 일주일이나 안 나왔어?"

진주는 말을 돌리려는 듯 질문을 질문으로 받아쳤다.

"나 여기 와 있는 건 어떻게 알았어?"

"그거야 양말이가……."

이번에는 내 말문이 막혔다. '네가 밥 주는 고양이 양말이가 말해 줘서 알았다.'고 사실대로 말할 수는 없었다. 내 입에서 양말이라는 이름이 나오자 진주의 표정이 확 굳었다.

"양말이가 왜? 양말이가 어떻게 됐는데?"

가슴이 덜컥 내려앉았다. 나는 고개를 저으며 말을 돌렸다.

"아무것도 아니야. 아무튼 너 진짜 어쩔 건데. 정말로 집 나가려고? 어디 갈 데는 있어?"

부디 '절제'네 집에 갈 거라는 대답만은 하지 말아 줘. 나는 속으로 빌며 진주의 입가를 노려보았다. 진주는 턱에 힘을 주며 퉁명스레 답했다.

"넌 몰라도 돼."

"뭐야. 너 혼자 가출해서 뭘 어쩌려고? 학교는 어떡할 건데? 자퇴라도 하려고? 그건 좀 아니지 않아?"

성을 내는 나에게 진주가 불쑥 물었다.

"혹시 우리 엄빠가 너한테 여기 가 보라고 했어?"

"아니. 너네 부모님은 만나지도 못했어."

사실대로 말했다가 진주의 표정을 보고 아차 했다. 진주는 실망한 얼굴로 "그럼 그렇지." 하고 중얼거렸다.

"부모님한테 말은 하고 집 나온 거야?"

"쪽지 남겨 놓고 나왔어. 어디 간다고는 말 안 했지만."

"아직 쪽지를 못 보신 게 아닐까."

"식탁 위에 대놓고 보라고 펼쳐 놨는데 그걸 못 보겠어? 아,

보고도 무시했을 수도 있겠네. 하루 종일 지들 애인이랑 전화하느라 나는 안중에도 없을 테니까."

"야, 설마 그러셨을까. 아무튼 가출이라니 말도 안 되는 생각 하지 말고 얼른 집에 가자."

진주의 손을 잡아끌며 재촉했지만 진주는 고개를 세차게 저었다.

"싫어. 절대 안 가."

"그럼 갈 데 있어? 아니, 돈은 있어? 돈 다 떨어지면 어쩔 건데?"

"야, 네가 우리 엄빠랑 같이 한번 살아 볼래? 딱 하루만 버텨 보고 난 다음에 잔소리하시지?"

나는 꽉 붙든 진주의 손을 아래위로 마구 휘두르며 소리쳤다.

"너네 부모님이 문제가 아니야. 네 인생이잖아. 이렇게 냅다 가출한다고 뭐가 나아져? 이성적으로 생각해 봐. 전적으로 너만 손해잖아."

"네가 뭘 알아? 뭘 아느냐고."

"나한테 말을 했어야 알지. 혼자 비밀 계정에만 쓰는데 내가 어떻게 알아?"

"뭐야, 내 비밀 계정은 누가 알려 줬어?"

"알려 주긴 누가 알려 줘? 네가 안 알려 줬는데. 나 혼자 찾아냈어. 나한테 한마디 말도 없이 정체불명 온라인 친구랑 만나고……. 절제인지 뭔지 그건 대체 뭐야? 너 그 사람 집에 갔었어?"

"뭐야. 완전 선 넘네. 네가 우리 엄마야, 선생님이야? 우리 엄마도 그렇게 참견 안 하거든?"

빈정거리는 말투에 피가 거꾸로 솟았다. 나는 잡았던 진주의 손을 확 뿌리치며 말했다.

"홍진주, 너 초딩이야?"

"뭐?"

"그래, 네 맘대로 해. 자퇴하든지, 가출하든지, 온라인에서 미성년자 그루밍하는 변태 따라갔다가 〈그것이 알고 싶다〉에 피해자로 등장하든지. 양말이가 널 얼마나 걱정했는지도 모르고……. 굳이 제 발로 인생 망하는 길 걷겠다는데 내가 어쩌겠어. 전부 자업자득이지. 나중에 가서 왜 안 말렸느냐고 따지지나 마라."

내가 듣기에도 정 떨어지게 차가운 목소리가 흘러나왔다. 내가 아니라 내 안에 깃든 다른 여자애가 지껄이는 목소리 같았다. 이번에는 진주가 피가 거꾸로 솟은 얼굴로 나를 노려보았다.

"뭐야……. 네가 그렇게 잘났어? 정신병자 주제에."

한참 참았던 숨을 토해 내듯 내뱉은 진주의 말에 나는 어안이 벙벙해졌다.

"뭐라고?"

"너 초딩 때부터 정신병원 다니잖아. 툭하면 길거리 동물들한테 말 걸고. 양말이하고 심도 깊은 대화라도 나눴어? 웃겨 죽겠다니까. 네가 무슨 무당이야, 애니멀 커뮤니케이터야?"

"그 얘기가 지금 왜 나오는데?"

"넌 얼마나 이성적으로 네 앞가림 질하면서 살길래 나한테 꼰대처럼 훈계하느냐는 말이야. 네가 뭔데? 네가 내 인생을 얼마나 알아? 전혀 알고 싶어 하지도 않았으면서!"

진주는 두 주먹을 움켜쥐고 나를 향해 소리쳤다.

정신병자. 내 유일한 사람 친구의 입에서 서슴없이 발사된 네 음절 말이 한여름 땡볕처럼 살갗을 쓰라리게 문질렀다. 그 네 글자가 처음 들어 보는 말은 아니다. 오히려 반대였다. 초등학생 때부터 귀에 딱지가 앉도록 들어 본 말이었다. 우리 부모님 입에서도 나온 적 있는 말이었다. 물론 부모님은 내가 깊이 잠들었다 생각하고서 한 말이었지만, 내 귀에 들어온 그 말은 고대 문명의 상형 문자처럼 내 머리와 가슴속 깊이 새겨져 나라는 존재를 다시 한번 빚어냈다.

아무튼 그 네 글자를 입에 올리지 않는 존재는 까치와 길고양이와 강아지와 너구리와 참새와 비둘기와 까마귀 들 그리고 사람 중에서는 오직 한 사람 진주뿐이었다. 이제 진주는 그 말을 해 버렸지만. 역시 인간은 어쩔 수 없는 걸까?

야간 퍼레이드를 알리는 음악이 울렸다. 이어서 폭죽 소리와 함께 밤하늘에 불꽃이 피어올랐다. 사람들은 환호했지만 즐겁지도 흥겹지도 않은 우리에게는 귀청을 때리는 소음일 뿐이었다. 진주가 나를 노려보다 코를 크게 훌쩍였다. 우는 것 같았다. 나도 코가 간지러웠지만 꾹 참았다. 진주가 벌개진 코를 손등으로 훔치며 입술을 달싹였다. 나에게 무슨 말을 한 것 같은데 너무 시끄러워서 들리지 않았다.

펑, 거대한 불꽃 한 송이가 진주의 머리 바로 위에서 터졌다. 나도 모르게 두 손을 들어 귀를 틀어막았다. 불꽃이 사그라지며 소음이 잦아드는 짧은 사이 진주의 목소리가 얼핏 들렸다.

"미안."

나는 귀에서 손을 살짝 뗐다. 진주가 또다시 입을 열었다. 소음에 갇힌 탓에 처음에는 몰랐는데 온 힘을 다해 고함을 치고 있었다.

"미안해. 막말이었어. 다신 그딴 말 안 해."

나는 아무 말도 하지 않았다. 진주에게 실망했다. 그런데도 미안하다는 말에 귀가 열리는 건 어째서일까. 그건 지금껏 나에게 미안하다고 말한 사람이 아무도 없었기 때문이다. 내 유일한 사람 친구는 다른 인간들과 다름없이 나에게 상처를 입혔지만 동시에 나에게 미안하다고 사과한 유일한 사람이었다.

나는 귀에서 손을 완전히 떼고서 진주에게 말했다.

"알았어. 그러니까 이제 집에 가자."

진주는 울먹이며 고개를 저었다.

"가기 싫어. 어차피 집에 가 봤자 아무도 나한테 신경 안 쓴다고. 내가 집 나온 줄도 몰랐을걸. 엄빠한테 넌 투명 인간이야. 지들 애인 생각밖에 안 하는 부모랑 사는 게 얼마나 기분 더러운 일인지 알아?"

"……나는 그게 어떤 기분인지는 몰라. 그래도 네가 여기에 있으면 너에게 훨씬 위험하다는 건 알아."

진주 얼굴이 한층 더 울상이 되었다. 나는 잠시 망설이다 덧붙였다.

"그리고 양말이가 널 기다리잖아."

진주는 내 쪽으로 한 발짝 다가서며 물었다.

"양말이가 내 걱정 많이 해?"

그때까지도 진주를 용서해야 할지 말아야 할지 고민하던 나는 그 말을 듣고서야 진주에게 차마 얘기도 꺼내지 못할 만큼 큰 잘못을 저질렀다는 사실을 떠올렸다: 양말이를 모르는 동네에서 잃어버렸다. 아마 영영 잃어버렸는지도 모른다.

"응. 진짜 걱정 많이 했어. 너 따라서 아파트를 나갔어. 그래서……."

거짓말이 술술 나왔다. 따져 보면 완전한 거짓말은 아니다. 양말이는 진주를 쫓아 전철역 앞까지 갔다고 했으니까. 나는 거짓말을 하는 동시에 거짓말을 하는 자신을 합리화했다. 진주도 나에게 정신병자라고 말했으니까 이걸로 공평해지는 거라고 생각하면서.

갑자기 진주가 두 손으로 내 팔을 덥석 붙잡았다. 진주의 손바닥에서 내 피부로 전해지는 절박한 마음에 간담이 서늘해졌다. 그리고 내 생각이 얼마나 비겁한지 깨달았다. 남의 잘못을 내 잘못으로 맞받아침으로써 없던 일인 척, 마치 그게 서로 공평해지는 일인 척할 수는 없다. 진주처럼 '미안'이라고 솔직하게 말하는 게 훨씬 낫다.

진주는 내 팔을 꼭 잡고 물었다.

"양말이가 아파트를 나갔다고?"

"응. 그런 것 같아."

"걔 완전 바보인데. 뚱뚱해서 빨리 뛰지도 못해. 길 잃고 못 돌아가면 어떡해?"

"아냐! 그 녀석 보기보다 빨라. 그리고…… 잘 돌아갔을 거야. 너희 아파트가 양말이 집이잖아. 고양이는 자기가 살던 구역을 떠나는 걸 제일 싫어해. 그리고 네가 매일 밥을 챙겨 주는데 어딜 가겠어."

"그치?"

"그럼."

아, 이건 너무 비겁하다. 하지만 도저히 진주에게 사실을 말할 용기가 나지 않았다. 내 거짓말을 고스란히 믿은 진주는 나와 함께 집으로 돌아가기로 마음먹었다.

우리가 진주네 아파트에 도착했을 때는 밤 열한 시가 가까웠다. 진주는 앞뒤 가리지 않고 양말이부터 찾으러 아파트 화단으로 뛰어갔다.

"양말아, 양말아!"

애타게 양말이를 부르는 진주를 보고 있자니 식은땀만 났다. 진주가 나를 돌아보며 물었다.

"혹시 고양이 간식 있어?"

나는 고개를 가로저었다. 진주는 어쩔 수 없다는 듯 혀를 차며 몸을 일으켰다.

"양말이 간식 주려면 일단 집에 가야겠네."

제 집을 올려다보는 진주 얼굴에 우울함이 그득했다. 얼마나 집에 가기 싫으면. 그냥 우리 집에서 자라고 할까? 하지만 내가 너무 늦어서 머리끝까지 화가 나 있을 부모님이 허락할 리가 없었다. 진주는 기운 빠진 걸음걸이로 아파트 단지를 빙빙 돌며 늑장을 부렸고 나는 말없이 함께 걸었다.

"진주야!"

멀찍이서 들려오는 목소리에 우리는 깜짝 놀랐다. 낯선 어른이 우리 쪽으로 빠르게 걸어오고 있었다.

"너 뭐 하다가 이제 와? 학교는 왜 안 갔어? 애가 미쳤어, 진짜!"

진주 엄마였다. 진주 엄마는 진주를 다그치며 집으로 끌고 갔다. 내가 어색하게 인사를 했지만 제대로 대답하지도 않았다. 정신이 하나도 없어 보였다. 온종일 걱정하며 진주가 무사히 돌아오기만을 기다렸는지도 몰랐다. 아니, 당연히 그랬겠지. 엄마니까.

진주는 엄마에게 끌려가며 미안해하는 얼굴로 나를 바라보았다. 나는 괜찮다고 고개를 끄덕였다. 진주가 엄마에게 투명 인간이 아니어서 다행이었다.

월요일, 그 애가 돌아왔다.

그 애가 학교에 다시 나타나자 아이들은 그 애의 존재와 부재를 깨끗이 잊었다. 몇몇이 저희끼리 꿍얼대기는 했지만 평소와 다를 바 없는 그 애의 태도에 금세 흥미를 잃었다. 잘된 일이었다.

"뭐래?"

담임 선생님과 면담하고 올라온 진주에게 살짝 물었다.

"그냥, 아팠다고 했어. 코로나는 아니라고 했고, 뭐 그 정
도?"

"잘했네."

나는 목소리를 한결 낮추어 되물었다.

"또 그러지 않을 거지?"

진주는 머뭇거리다 고개를 끄덕였다. 지난 주말 내내 진주
는 양말이를 찾았다. 나도 진주와 같이 찾았지만, 우리 동네에
양말이의 흔적이 없다는 사실을 뻔히 아는 채로 힘겨운 연기를
해야 했다.

진주는 휴대폰에 저장한 양말이 사진을 들여다보며 한숨
을 푹 내쉬었다.

"누가 데려갔나 봐. 우리 아파트에 캣맘들 많거든. 지난번
에는 어떤 초딩이 양말이 데려갔다가 엄마한테 혼났는지 반나
절 만에 돌려보낸 적도 있어. 양말이는 애교가 많아서 인기가 좋
았으니까."

"그렇구나……."

나는 기어들어 가는 목소리를 냈다. 진주는 내가 양말이의

실종에 책임이 있다는 사실을 영영 모르겠지. 몰라야 하고.

"이상한 사람이 데려갔다가 파양하면 어떡하지? 학대라도 당하면 어떡해."

"아니야. 그럴 일 없을 거야."

진주를 달래 주면서 나도 속으로는 양말이가 낯선 동네에서 고생하는 상상을 했다. 덩치가 좋으니 낯선 고양이들과 싸움에서 밀리지는 않겠지만, 그래도 모르는 동네에서 적응하려면 고생깨나 할 텐데. 진주 말마따나 그 동네 사람들 중에 고양이 학대범이 있을지도 모른다.

무엇보다 양말이도 진주를 좋아했는데. 그래서 나를 따라 내키지 않는 먼 길을 떠난 건데. 지금쯤 나를 따라 먼 길 떠난 것을 후회하고 있을까? 아니다, 지금쯤이면 다 잊어버렸을지도. 동물들은 사람처럼 툭하면 후회하진 않으니까. 나도 그럴 수 있다면 얼마나 좋을까.

수업을 마치고 집으로 가는 길에도 진주는 끊임없이 주변 풀숲이며 자동차 밑을 확인하며 양말이를 찾았다. 어쩌다 양말이 비슷한 검은색 고양이가 보이면 옆에서 보기 안쓰러울 만큼 반색을 했다. 내 죄책감은 솜사탕 기계 안에서 빙빙 돌아가는 솜사탕처럼 끝없이 불어났다.

아파트 단지에 도착한 진주는 가방에서 고양이 캔과 간식을 꺼냈다. 주말에 이어 오늘도 혹시 양말이가 돌아왔을지 몰라 준비해 둔 거였다. 진주는 그리 희망적이지 않은 표정으로 캔을 땄다.

"어!"

비명이 튀어나왔다. 멀찍이 놀이터 미끄럼틀 앞 양지바른 곳에 시커먼 녀석 하나가 웅크리고 있는 모습이 보였다. 강아지만큼 커다랗고 앞발 두 개만 양말 신은 듯 새하얀 검은 고양이. 한발 늦게 양말이를 발견한 진주가 캔을 땅에 떨어뜨리더니 전속력으로 달려갔다.

"양말아!"

양말이가 퉁퉁한 몸을 밀가루 반죽처럼 앞뒤로 길게 늘이며 진주를 맞이했다. 진주는 양말이를 덥석 안아 들었다.

"양말아! 어디 갔다 이제 왔어? 왜 그랬어?"

진주는 양말이 뺨에 제 뺨을 마구 비비며 가출했다 돌아온 저를 다그치던 엄마랑 똑같은 투로 소리 질렀다. 믿기지 않는 심정으로 보고만 있던 나도 서둘러 달려갔다.

"양말아! 언제 돌아왔어?"

나는 콧속이 빠르게 간질간질해지는 것을 느끼며 물었다. 양말이는 대답 대신 늘어지게 하품만 했다. 우리는 양말이에게 캔을 먹이고 곰곰 살펴보았다. 이마 한복판에 쥐어뜯긴 자국이 두 개나 났고 수염이 몇 오라기 빠졌고 몸이 조금 여위어 보였다. 돌아오는 길에 고생이 많았던 게 분명했다. 그래도 크게 다친 구석은 없어서 다행이었다.

"어떻게 돌아왔어? 진짜 먼 곳이었잖아."

작은 소리로 다시 물었지만 양말이는 '야옹' 하기만 했다. 일부러 대답하지 않는 걸까.

순식간에 설거지한 것마냥 깨끗해진 캔을 분리수거함에 버리고 온 진주가 양말이에게 간식을 뜯어 주었다.

"다시는 가지 마, 양말아. 알았지?"

양말이는 간식도 순식간에 먹어 치우고서는 진주를 올려다보며 다시 한번 야옹, 했다. 진주는 양말이에게 뽀뽀를 하며 행복하게 웃었다. 나는 코에 휴지를 갖다 대고 나의 사람 친구와 동물 친구를 바라보았다. 이제 양말이하고는 말이 통하지 않으니 더는 동물 친구가 아닐지도 모르지만.

나는 양말이를 안아 올리는 진주에게 물었다.

"양말이 입양하려고?"

"응. 찾았으니 이제 동물 병원 데려가야겠어."

"부모님이 키워도 된대?"

"응, 허락받았어. 허락 안 해 주면 둘이 불륜하는 썰 인터넷판에 실명 공개로 올려 버리겠다고 했더니 들어주더라. 그리고 앞으로 내가 엄마나 아빠 중 누구하고 같이 살든 간에 무조건 양말이는 키울 거라고, 그게 두 사람 이혼에 내가 붙이는 조건이라고 못 박았어. 솔직히 그동안 내가 많이 참았잖아? 한번 제대로 폭발해 주니까 효과 괜찮더라."

"그래, 잘했어."

진주는 양말이 머리를 쓰다듬으며 속삭였다.

"양말이한테는 내가 필요해. 그렇지, 양말아?"

양말이는 야옹, 하고 진주의 손바닥에 제 이마를 부딪었다.

"다시는 멀리 가지 마, 양말아. 내가 너를 끝까지 책임질게."

진주는 양말이를 꽉 끌어안으며 스스로에게 다짐하듯 말했다. 나는 진주 곁에서 양말이의 턱을 손끝으로 간질이며 속으로 말을 걸었다.

진주는 네 덕분에 예전보다 조금은 괜찮아지려는 것 같네. 그런데…… 양말이 너는 괜찮겠어?

나는 반으로 접은 휴지에 코를 세게 풀고는 양말이를 바라보았다. 양말이의 보름달처럼 샛노란 눈동자는 예전과 달리 나에게 아무 말도 해 주지 않았다. 불안하지는 않았다. 어쨌거나 내 친구와 양말이가 무사히 집으로 돌아왔으니까.

진주와 나는 서로의 비밀을 까맣게 모르는 채 지냈다. 그래도 우리는 여전히 서로의 유일한 사람 친구였다. 진주는 나처럼 양말이와 대화하는 법은 모르지만 양말이를 사랑한다. 양말이도 아마 진주를 사랑할 것이다. 고양이와 사람의 말은 통하지 않지만 마음까지 전혀 통하지 않는다고 할 수는 없을 테지.

그 정도로 괜찮을지도. 괜찮을 거야. 말이 약속해 주는 것이 없다면 마음으로 믿는 수밖에.

나는 연거푸 재채기를 하며 진주와 양말이를 따라 동물병원으로 걷기 시작했다.

알고 싶다, 알고 싶지 않다

신묘한 도시락

아무리 생각해도 사건의 발단은 편의점 도시락이다.

다를 거 하나 없는 평범한 하루였다. 아름은 학원 수업을 듣기 직전 단골 편의점에 들러 늘 먹던 도시락 세트를 사 먹었다. 볶음김치와 장조림 메추리알이 들어가는 최애 세트 메뉴였다. 허겁지겁 먹고 수학 수업을 듣는데 배에서 야릇한 움직임이 느껴졌다. 꾸르륵하는 이상한 소리가 나더니 장이 꿈틀거렸다. 배가 쿡쿡 쑤시기 시작했다. 아름은 한 손으로 배를 꽉 움켜쥐었다. 이번에는 가스였다. 아랫배가 풍선처럼 부풀어 올랐고 강력한 가스가 장 밖으로 튀어나올 듯했다.

"선생님! 저 화장실요."

간신히 그 말을 뱉은 뒤 아름은 정신없이 화장실로 달려갔다. 설사가 쏟아졌다. 식중독인가? 장조림이 상했나? 분명 먹을 때는 다 괜찮았는데 아니었나 보다. 화장실을 나오는데 두 다리가 휘청거렸다. 하는 수 없이 아름은 엄마를 호출해 집으로 돌아왔다. 다행히 배에서 더는 신호가 오지 않아 깊은 잠을 잤다.

기막힌 일은 다음 날부터 시작됐다.

출근이 이른 만큼 퇴근도 빠른 엄마는 보이지 않고 아빠 혼자 식탁에 앉아 있었다. 아름은 그릇에 시리얼을 담으며 휴대폰을 보는 아빠 옆에 앉았다. 기척을 느낀 아빠가 "일어났니?"라고 무심히 묻고는 시리얼 상자를 내밀었다. 아름 또한 아주 시크하게 "어." 대답하며 상자를 받으려고 손을 내밀었다. 그 순간 아빠의 손등과 아름의 손등이 닿았고 아름의 눈앞에 생생한 이미지가 스쳐 지나갔다.

머리가 희끗희끗해진 아빠가 바닷가 선베드에 누워 책을 읽는 장면. 그보다 더 늙어 버린 아빠가 각종 튜브를 단 채 병원 침대에 누워 있는 장면. 그리고 아빠의 장례식장에서 통곡하는 아름과 엄마 옆으로 보이는 묘비명. 그곳에 적혀 있는 아빠의 생몰 연도까지.

헐. 대체 이게 뭐지?

시리얼 상자를 쥔 아름의 손이 부들부들 떨렸다.

"우유 더 줄까?"

역시나 무심한 목소리로 묻는 아빠에게 들키지 않으려고 아름은 아무렇지 않은 척 퉁명스러운 말투로 대꾸했다.

"됐어."

아까 떠오른 장면이 채 소화되지 않아 심장이 여전히 벌렁거렸다. 묘비명에 적힌 숫자가 눈앞에 어른거렸다. 방금 본 장면이 현실이 된다면 아빠는 일흔 살에 죽는다. 아름이 겨우 서른두 살일 때. 말도 안 돼.

"아빠 먼저 일어난다."

아빠가 그릇을 싱크대에 놓는 소리가 들릴 때까지 아름은 정지 상태였다. 시리얼을 먹을 수도, 아빠의 얼굴을 볼 수도 없었다. 시리얼의 분자를 알고 싶은 사람처럼 골똘히 시리얼 하나를 들여다봤다. 아빠가 현관문을 나서는 소리가 들리고 나서야 아름은 "후." 하고 막혔던 숨을 몰아서 쉬었다.

아름은 숟가락을 내려놓고 벌떡 일어났다. 거실을 종횡무진 돌아다니다가 소파에 벌렁 드러누웠다. 아름의 손가락들이 머리카락을 쥐어뜯었다. 요즘 미드를 너무 많이 봐서 그래. 내가 상상해 낸 장면들이야. 그렇고말고. 그게 아니면 뭐겠어?

학교에 갈 생각조차 안 하고 소파 위에서 흐느적거리는 주인을 멀뚱히 보던 아름의 반려묘 루미가 조용히 다가왔다. 루미는 소파 위로 번쩍 뛰어올라 아름의 배 위에 올라탔다. 무의식적으로 아름은 손을 뻗어 루미의 목덜미를 쓰다듬었다. 그 순간다시 한번 눈앞에 생생한 이미지가 떠올랐다.

혼자 집을 지키면서 루미가 서글픈 울음소리를 내는 장면. 일찍 퇴근한 아빠가 버려야 하는 쓰레기 더미를 안은 채 현관문을 여는 장면. 그 틈을 타 루미가 집을 가출하는 장면. 루미가 사라진 사실에 충격을 받고 울음을 터뜨리는 엄마 모습까지.

아름은 얼이 나간 얼굴로 상체를 일으켰다. 양손을 관자놀이에 대고 허리를 수그렸다. 미래가 보인다. 피부에 접촉한 상대방의 앞날이 영상으로 재생되는 거다. 아름은 미간을 한껏 찌푸리며 중얼거렸다.

와, 씨. 나 어떡하냐.

그즈음 소문이 돌기 시작했고 희한한 간증이 쏟아졌다.

아름이 자주 들락거린 단골 편의점에서 도시락을 먹고 초능력을 얻은 사람들의 이야기였다. 다른 사람의 마음을 읽는다거나 염동력이나 투시처럼 초능력 하면 사람들이 쉽게 떠올리는 것도 있었지만 그렇지 않은 것도 제법 많았다. 잠을 전혀 자지 않아도 피곤하지 않은 능력, 10인분 이상을 먹어도 배가 부르지 않는 능력, 시간과 공간을 동시에 건너뛰는 능력, 식물과 소통하는 능력, 목소리만 듣고 그 사람에게 가장 잘 맞는 애인을 찾아 주는 능력 등등 말 그대로 신묘한 초능력들의 대환장 버라이어티 퍼레이드였다.

아름과 같은 수학 학원에 다니는 아이는 사람의 말을 듣고 그것이 거짓말인지 아닌지를 단박에 알아내는 능력을 얻은 모양이었다. 학원 선생님이 모의고사 문제를 풀이해 주다가 지금도 늦지 않았다고, 나도 고등학교 때부터 달려서 좋은 대학에 들어간 거라고 잔소리를 늘어놓자 초능력을 얻은 그 애는 시종일관 피식거리더니 아주 시니컬한 목소리로 이렇게 내뱉었다.

"거짓말."

선생님 얼굴이 붉으락푸르락 변하더니 금방 터져 버릴 듯 시뻘게졌다. 하지만 화를 내 봤자 자신만 우스워질 거라고 생각했는지 선생님은 한숨을 푹푹 내쉬더니 할 말은 많지만 하지 않겠다는 표정으로 다음 문제 풀이로 넘어갔다.

아름은 잠을 안 자도 피곤하지 않은 초능력을 얻은 사람처럼 밤을 꼴딱 새며 블로그와 유튜브를 뒤져 댔다. 자기와 비슷한 능력을 얻은 사람이 있는지 알고 싶었다. 식음을 전폐한 만 30시간의 검색 끝에 아름은 몇 가지 결론에 다다를 수 있었다.

— 그 편의점에서 도시락을 사 먹은 사람들이 모두 초능력을 얻은 것은 아니다. 세상 만사가 그렇듯 이것도 복불복이다.

— 사소한 초능력이든 거창한 초능력이든 도시락을 먹은 사람은 딱 하나의 초능력만 얻게 된다.

— 각 도시락마다 할당된 초능력이 다르다. 즉, 나와 같은 초능력이 있는 사람은 나밖에 없다는 뜻이다.

— 안타깝게도 몇몇 초능력은 자신을 위해서 쓸 수 없다. 예컨대 목소리만 듣고 그 사람에게 가장 잘 맞는 애인을 찾아 주는 능력자는 정작 자신을 위해서는 그 능력을 쓸 수 없었다고 고백했다. 남들의 커플 성사를 도와줄 뿐 자신에게는 전혀 이로울 게 없었다는 말이다.

자신이 내린 보물 같은 결론을 죽 보다가 아름은 비장한 얼굴로 입술을 굳게 다물었다. 미래가 전혀 궁금하지 않다는 말은 거짓말에 가깝지 않을까. 아름 역시 자신의 미래가 좀 궁금했다. 먼 미래는 모르겠고 가까운 미래는 알고 싶었다. 어떤 학과에 진학하는 게 좋을지, 어떤 직업으로 먹고살아야 할지, 어떤 남자를 만나 연애하면 안 될지, 결혼을 할지 말지, 어떤 친구들과 어른이 돼서도 만날 사이인 건지 속속들이 알면 좋지 않을까.

동시에 전혀 알고 싶지 않다는 마음도 들었다. 미래를 자세히 알게 되는 순간 사는 게 진심으로 지루해질 듯했다. 어떤 직업을 찾고 어떤 사람을 만나 어떻게 살지 다 알아 버린다면 무슨 재미로 사느냐 이 말이다. 자기가 몇 살에 어떤 방식으로 죽음을 맞이하는지 알아 버린다면 모든 것이 뒤죽박죽되거나 엉망진창이 되지 않을까?

고민을 하는 동안 아름은 자기 몸을 만지지 않기 위해 필사적으로 애써야 했다. 하는 수 없이 철 지난 겨울 장갑을 꺼내 끼고 다녔더니 엄마가 이상한 눈초리로 아름을 보다가 혀를 끌끌 찼다. 사람은 무의식적으로 하루에 열두 번도 더 자기 몸을 만진다는 사실을 알려 준 사람은 평소 박학다식하고 말이 많은 아빠였다.

알고 싶다. 알고 싶지 않다. 아니, 알고 싶다. 아니 아니, 절대 알고 싶지 않다. 아름은 고민을 거듭하다가 전투에 나가는 병사처럼 씩씩하게 거울 앞으로 다가갔다. 평범하기 그지없는 자기 얼굴을 잠깐 보다가 눈을 질끈 감았다.

해 보자. 나의 미래가 보이는지. 아름은 거울 앞에 서서 강시처럼 두 손을 앞으로 죽 뻗다가 천천히 팔을 접었다. 왼손으로 오른쪽 어깨를, 오른손으로 왼쪽 어깨를 지그시 잡기 위해서였다. 손바닥에 몸이 닿는 순간 미래가 펼쳐질 것인가. 긴장감을 이기지 못하고 아름이 입술을 깨물었다. 드디어 손이 어깨에 닿은 순간, 남의 손이 닿은 것처럼 아름은 질겁했다. 눈을 더 꼭 감았다.

아무것도 보이지 않았다. 미래를 볼 수 있는 초능력은 자신을 위한 것이 아니었다. 아름은 스르르 눈을 떴다. 속을 알 수 없는 복잡한 표정을 짓고 있는 얼굴이 거울로 보였다. 아름의 입가로 희미한 미소가 떠올랐다.

다행이다. 아무것도 보이지 않아서. 내 미래는 내가 결정할 수 있어서.

안도감을 느끼며 아름은 침대 옆 창가로 갔다. 창문을 열어 밤하늘을 올려다봤다. 거대한 구름이 천천히 흘러가고 있었다. 잠시 뒤 구름이 지나간 자리에 강렬한 빛 덩어리가 반짝거렸다. 아름은 뭐에 홀린 사람처럼 별보다 더 또렷이 반짝이는 그 물체를 오래도록 바라보았다.

계획주의자

꿈이 없다. 아직 못 찾았다. 물론 지금보다 더 어렸을 때는 꿈이 있었다. 참으로 많았다. 경찰관도 멋져 보였고 의사도 괜

찾아 보였다. 셰프도 나쁘지 않아 보이고 평생 한 분야만 파는 학자나 교수도 좋아 보였다. 잠깐이지만 대통령이 되고 싶던 시절도 있었다. 모두 한때뿐이었다.

특강 시간에 진로 수업을 하러 온 강사가 꿈과 직업은 동의어가 아니라고 했지만 그다지 와닿지는 않았다. 어쨌거나 중요한 건 직업이고 먹고사는 일이니 꿈을 품으라는 말은 입 닥치고 돈을 벌 수 있는 직업을 찾으라는 말 아닌가. 그 직업이 적성에 맞으면 생큐고 아니면 어쩔 수 없는 거고. 간단한 이야기를 왜 그렇게 빙빙 돌려 말하는지 모르겠다.

흥미가 가는 직업이 눈에 들어오면 범석은 그 직업을 샅샅이 파헤쳤다. 장점과 단점은 물론이고 그 직업을 얻는 데 필요한 절차까지 모두 파악하고 나면 하나의 문장만 남았다.

이거, 생각보다 쉽지 않은데?

그렇다면 패스! 다음 직업을 물색한다. 구미가 당기면 그 직업을 낱낱이 알아낸다. 그리고 또 패스! 직업에 관해 다 알고 나면 흥미가 줄면서 마음이 싹 사라졌다. 그러다 보니 아직까지 꿈이 없다. 되고 싶은 것도 없고 얻고 싶은 직업도 없다. 그게 무슨 문제냐고?

큰 문제다. 어릴 때 범석은 방학 계획표를 세우면 철저하게 지키는 어린이었다. 하루도 아니고 몇 날 며칠도 아니고 방학 기간 내내 계획표대로 사는 범석을 보며 부모도 깜짝 놀랐다. 그런 범석이었기에 이십 대의 로드 맵이 아예 없다는 사실은 고통 그 자체였다. 고등학생에게 당연히 있는 수업 시간표가 대학생에게는 없다는 사실을 알았을 때 얼마나 놀랐던가. 대학생들은 자신의 시간표를 직접 짜야 하고 대학을 졸업하면 자신의 인생 계획표 전체를 스스로 짜야 한다는 사실을 알았을 때 범석은 온몸에서 힘이 죽 빠지는 걸 느꼈다.

만약 어떤 직업을 선택해야 후회를 하지 않을지 알 수 있다면, 그래서 후회가 가장 적은 그 직업을 얻기 위해 어떤 계획표를 세워야 하는지 속 시원히 알 수 있다면 얼마나 행복할까.

그렇게 방황하던 범석의 귓가에 이상한 이야기가 들렸다. 국민은행과 대명마트가 마주 보고 있는 사거리 편의점에서 도시락을 먹었더니 초능력이 생겼다는 이야기. 처음에는 코웃음을 치며 뜬소문 취급했다. 몇 년째 히어로 영화들이 대세라고는 하지만 너무 막무가내네. 그 생각밖에 들지 않았다.

그랬던 범석의 동공에 지진이 일어났다. 학원에 가려고 사거리로 들어섰는데 소문의 진원지인 편의점 앞에 엄청난 줄이 이어졌다. 다음 날도, 그다음 날도 대기 줄은 계속됐다. 대기 줄이 길어 주변 상권을 침해할 정도였다.

얼핏 보니 학생들은 물론이고 어른들까지 대기 줄에 합세

해 진을 치고 있었다. 초능력이 간절히 필요하기는 어른들도 마찬가지였다. 사람들이 몰려드는 이유가 궁금했는지 동네 비둘기들까지 전깃줄에 일렬로 앉았다. 게다가 이 기이한 현상을 앞다퉈 보도하려는 언론이 가세하면서 편의점 부근은 말 그대로 난장판 그 자체였다.

이거 찐이구나. 범석은 학원 수업이 없는 목요일을 노렸다. 계획대로라면 집에서 인강을 듣는 시간인데 그걸 쨘 것이다. 계획표에 어긋나는 일탈. 범석으로서는 큰마음을 먹은 거였다. 마스크와 모자도 챙겼다. 자신이 초능력을 얻기 위해 엄청난 대기줄에 몸을 던졌다는 사실을 아무도 몰랐으면 했다. 범죄를 저지르는 일도, 학교 교칙에 어긋나는 짓도 아니었지만 그냥 아무한테도 들키고 싶지 않았다.

초능력을 지니게 된 사람들을 향한 대중의 관심은 상상 초월이었다. 어떤 초능력자는 유튜브를 시작해 조회수 대박을 터뜨렸고 어떤 초능력자는 광고 모델로 뽑혔다. 이 모든 일의 진원지가 된 편의점 브랜드는 연일 주가가 올라 기쁨의 비명을 질렀다.

한 시간을 기다렸다. 다리가 아팠다. 두 시간을 기다렸다. 허기가 졌다. 세 시간을 기다렸다. 점점 화가 났다. 네 시간을 기다려도 편의점은 아직 멀리 있었다. 범석이 할애할 수 있는 최대

시간은 네 시간이었다. 정확히 열 시에 복습 노트를 채워야 했고 열한 시에 잠자리에 들어야 했다. 남들보다 잠을 많이 자는 것이 범석의 성적 비결 중 하나였다.

네 시간이나 기다렸는데 편의점 문손잡이조차 잡지 못하다니. 분하다. 범석은 씩씩거리며 집으로 돌아왔다.

다음 주 목요일. 이번에는 더 많은 시간을 뺐다. 종례가 끝나자마자 곧바로 편의점으로 달려왔다. 종례 후에는 반드시 집으로 돌아가 교복을 깨끗이 벗어 둬야 하는 범석의 계획에 어긋나는 일이었지만 하는 수 없었다. 범석은 잠자리에 드는 시간을 자정으로 미루는 한이 있어도 오늘 반드시 도시락을 사고야 말겠다는 의지로 활활 타올랐다.

한 시간을 기다렸을 즈음 범석 바로 뒤에 서 있는 아이들의 말소리가 들렸다. 한 명은 목소리가 굵었고 다른 한 명은 변성기가 아직 시작되기 전 목소리였다.

"야, 너네 누나 이번 방학 때 그 기숙학원 간대?"

"몰라. 존나 이상한 소문이 돌더라고."

애들 지금 그 유명한 기숙학원 의대반 커리큘럼을 말하는 건가? 범석도 소문을 들어서 대충 알고 있었다. 의대를 잘 보내기로 유명한 학원인데, 죽은 비둘기가 기이한 곳에서 나왔다는 괴소문이 돌았다.

"호기심 때문에 왔는데 사람 겁나 많네. 참, 너 어제 도시락의 신이 올린 영상 봤어?"

도시락의 신? 영상이라면 유튜브를 말하는 건가? 일단 범석은 휴대폰을 들여다보는 척하며 메모를 했다.

"못 봤는데."

굵고 허스키한 목소리가 말했다.

"그 형 분석에 따르면 웬만한 사람들은 다 커밍아웃 했는데 하나가 빠져 있대."

"어떤 거?"

"예지력. 미래를 보는 능력."

범석은 홀로 침을 꿀꺽 삼켰다. 미래를 보는 능력. 범석이 지금 간절히 원하는 그 능력이 아직 나타나지 않았다는 뜻인가. 그렇다면 범석에게도 희망이 있었다. 계획표를 어그러뜨리면서 대기를 타는 일이 무의미하지 않다는 뜻이었다.

허스키한 목소리가 덧붙였다.

"그리고 초능력이 생긴 사람들한테 표식이 있대."

표식? 대체 어떤 거? 제발 더 구체적으로 말해 줘라, 중딩들아.

"표식? 이마에 왕여드름이라도 생긴대?"

키득거리는 목소리를 무시하고 허스키 중딩은 아주 작게

말했다. 범석은 귀를 쫑긋 세우며 신경을 곤두세웠다.

"귓불이 두 갈래로 갈라진대."

범석의 머릿속에 징그러운 장면이 떠올랐다. 외계인의 커다란 귀가 두 갈래로 쫙 갈라지면서 하얀 알들이 막 쏟아지는 장면.

"봐 봐, 저 사람."

마스크를 야무지게 올려 쓰며 범석은 힐끗 뒤를 돌아다봤다. 중딩들의 시선이 꽂힌 곳에 여자애가 있었고 그 애가 범석 곁을 지나가는 모습이 슬로 모션이 걸린 영상처럼 느릿느릿 펼쳐졌다. 그 때문일까. 그 애의 귓불이 난데없이 클로즈업되었다. 귓불이 정확하게 반으로 갈라져 있었다!

그 애는 편의점 앞에 늘어선 대기 줄은 거들떠도 보지 않고 빠른 속도로 걸었다. 어딘지 낯이 익은데. 범석은 눈을 살짝 감고 기억의 창고를 뒤졌다. 기억이 날 듯 말 듯 했다. 생각날 거야. 분명 모르는 애가 아니야. 더 집중하면 된다고 스스로를 북돋는 사이 어깨를 톡톡 두드리는 손가락이 느껴졌다.

"저, 앞으로 좀."

허스키 중딩의 말을 듣고 눈을 떠 보니 앞사람이 저만치 달아나 있었다. 범석은 뻘쭘하게 손을 들어 올리다가 얼른 앞사람과 간격을 좁혔다.

"앗, 진아름!"

범석은 자기도 모르게 손뼉을 짝 치며 외쳤다. 그 모습이 우스웠는지 뒤에 있는 중딩들이 킥킥거렸다. 그러거나 말거나 범석은 기뻤다. 아름의 이름을 기억해 낸 것보다도 자기가 아는 사람이 초능력자라는 사실 때문에.

좋아하는 것은 힘이 세다

반 아이들이 아름의 귀를 힐끔거렸다. 입이나 코에 표식이 생기면 마스크라도 썼을 텐데 하필 귀라니. 교실에서 겨울 털모자를 쓰고 있을 수도 없고. 돌아 버리겠다, 진짜.

혼자 점심을 먹고 운동장 스탠드에 앉아 있는데 송이가 다가왔다. 송이는 학급 회장이고 모범생인 데다가 인싸였다. 아이들과 적당히 거리를 두고 지내는 아름과도 종종 이야기를 주고받는 사이였다.

송이가 부드러운 목소리로 물었다.

"잠깐 앉아도 돼?"

아름은 고개를 한 번 끄덕였다.

덥지도 춥지도 않은 바람이 아름과 송이 사이로 불어왔다.

더위를 싫어하는 아름은 내심 가을이 다가오기를 기다리고 있었다.

"애들이 궁금해해. 네 초능력에 대해서."

암, 그러시겠지.

우연히 도시락을 먹고 생긴 초능력이 뭐 그리 대단한 거라고 아이들은 잠시도 망설이지 않고 자신의 초능력을 공개했다. 유튜브와 SNS로 실시간 공유되는 초능력자 정보를 통해 아름도 대충 상황을 알고 있었다. 커밍아웃을 한 초능력자들은 그 편의점을 주로 이용하는 근처 중고등학교 네 군데에 몰려 있다는 사실도.

"말할 생각 있니?"

송이는 아름의 얼굴을 건너다봤다.

"꼭 그래야 하나?"

아름은 운동장을 주시했다. 염동력을 얻게 된 아이가 농구공을 허공중에 띄워 골대에 넣고는 환호성을 지르는 모습을 지켜봤다. 저게 왜 기쁜 걸까. 내가 노력해서, 점프해서, 골대에 공을 집어넣는 감각을 손으로 직접 느낀다면 더 기쁘지 않을까.

"애들이 자꾸 이상한 소문을 만들고 부풀려서."

미처 송이가 하지 못한 다음 말이 들렸다. 이상하게 부풀려진 소문이 아이들 사이를 버젓이 돌아다니는 것보다는 진실이

낮지 않겠니. 그동안은 네가 혼자 지냈을 뿐이지 괴롭힘을 당한 건 아닌데, 그러다가 괴롭힘을 당하면 어쩌려고 그러니.

"나는……."

진실을 말해 버리면 상황이 어떻게 변할지 아름은 예측할 수 없었다. 다만 지금은 아무 초능력이라도 내뱉어 송이의 걱정을 덜어 주고 싶다는 마음이 들었다. 반 아이들을 대표해 귀중한 점심시간까지 쪼개 가며 자신의 초능력을 추궁하러 온 회장의 기를 살려 주고 싶다고나 할까.

"그 사람 눈빛을 보면 뭘 좋아하는지 알 수 있어."

자신이 기대했던 초능력이 아니었던 걸까. 아니면 예상보다 쓸모가 없는 초능력이라고 생각하는 걸까. 송이의 얼굴은 고요했지만 아름은 어쩐지 그 애 표정에서 실망하는 기색을 읽은 듯했다.

"그래?"

"테스트해 볼래?"

아름의 기습 질문에 송이는 잠깐 머뭇거렸다. 그러더니 고개를 가만히 끄덕였다.

"좋아."

아름은 상체를 스윽 송이에게로 움직였다. 송이 몸에 손이 닿지 않게끔 최대한 조심하는 것도 잊지 않았다. 아름의 얼굴이

코앞으로 다가오자 송이는 조금 긴장했는지 약간 딱딱해진 목소리로 물었다.

"오래 걸릴까?"

"아니."

아름의 눈동자는 송이의 두 눈을 오래도록 들여다봤다. 아름다웠다. 짙은 밤색 눈동지에 아름의 얼굴이 고스란히 담겼다. 눈동자를 둘러싼 흰자는 맑았다. 속눈썹이 어찌나 긴지, 그 끝에 물방울 여러 개가 옹기종기 매달릴 수 있을 것 같았다.

"너는, 카레를 좋아하고 민트초코를 좋아해. 그림 그리는 걸 좋아하고 아이들 앞에 나서는 걸 좋아하지."

송이의 눈동자가 살짝 흔들렸다.

"그리고…… 사회 쌤 좋아하지?"

"대박!"

수업 시작종이 울렸다. 송이는 미소를 머금은 채 자리에서 일어섰다.

"그거 비밀이니까 유지 좀. 애들한테 알려지면 앞으로 너 인기 폭발이겠다."

뿌듯하고 깨끗한 미소를 품고서 송이는 교실로 달려갔다. 아름도 자리에서 일어나 엉덩이 부분을 탁탁 털어 냈다. 빠르게 작아지는 송이의 뒷모습을 들여다보며 아름은 발을 뗐다.

좋아하는 건 진짜 힘이 세다. 정말로 그렇다. 그러니 송이야, 나는 절대로 네 몸에 닿고 싶지 않아. 네 미래를 다 알아 버린다면, 그걸 너에게 알려 주지 못한 채 나 혼자 감당해야 한다고 생각하면 목숨이 줄어들 것 같아.

오늘도 두 명의 미래를 보고야 말았다. 결코 원치 않은 일이었다.

급식실에서였다. 반찬을 덜려고 국자를 잡는 아름의 손과 옆 반 아이의 손이 살짝 닿았다. 번쩍, 눈앞에 섬광이 일면서 그 애의 미래가 보였다. 싱어송라이터로 성공해 자신의 곡이 음원 사이트에 줄을 세우는 장면을 보며 흐뭇하게 웃는 장면. 좋은 일이니까 말해 줘 버릴까. 그 생각은 오래가지 못하고 사라졌다. 그다음 장면은 그 애가 구설수에 오른 사건으로 공황 장애에 걸려 정신과 상담을 받는 장면이었다.

일회용 장갑을 끼고 다닐까. 그러면 사는 게 몇 배로 편해지지 않을까.

그건 아름의 착각이었다. 송이 말대로 아름의 거짓 초능력이 알려지자 전교생이 아름을 찾아왔다. 아름의 반은 말 그대로 문전성시를 이루었고 쉬는 시간마다 대기표가 나부꼈다. 아이들은 자신이 무엇을 좋아하는지 강렬히 알고 싶어 했다. 그건 스스로 알아내야 하는 거 아닌가 싶었지만 아름은 그렇게 항변할 처지가 아니었다. 초능력을 거짓으로 이야기했다는 사실을 들키면 안 되니까. 그 사실을 특히 송이가 알면 안 되니까.

계속 칭얼대며 괴롭히는 아이들을 견디다 못해 아름은 이렇게 선언했다. 내 초능력은 아주 비싸다. 돈을 지불하는 사람만 봐 주겠다. 그리고 일주일 전에 미리 예약을 해야 한다. 그래야 뭘 좋아하는지 미리 사전 조사를 할 수 있으니까. 그렇게 아이들의 열기에 보란 듯이 찬물을 끼얹으며 아름은 본래의 '솔로 아름'으로 돌아왔다.

아름은 혼자가 편했다. 이렇게 혼자 밥을 먹고 학교생활을 한 지 오래됐다. 그렇다고 왕따 비슷한 건 아니었다. 아무도 아름을 괴롭히지 않았고 아름 또한 그랬다. 그저 아름은 사람과 얽히고 싶지 않았다. 사람을 만나 이야기를 나누면 기가 빨리고 피곤했다. MBTI를 하면 I가 분명하지 않을까 싶다.

아이들도 처음에는 아름을 이상하게 바라봤다. 왜 혼자 고고한 척이야. 그냥 적당히 애들하고 지내면 될 것을. 쟤 저래 가지고 나중에 사회생활 어떻게 하려고 저러냐. 할 말은 많지만 하지 않겠다는 눈빛으로 째려보기 일쑤였다. 그러거나 말거나 아름은 혼자 잘 지내 왔다. 송이를 알기 전까지는 말이다.

송이는 세심하게 아름을 챙겼다. 조별 과제를 해야 하는데 아름이 짝이 없으면 선뜻 나서 짝이 되어 주었고, 며칠 연속으로 급식실에 가지 않으면 매점에서 간식을 사다 조용히 아름의 책상 위에 올려놓기도 했다. 처음에는 애쓰네, 회장도 못 해 먹을 자리네, 쟤도 참 피곤하겠다, 라고 생각했다. 그러다 차츰 마음이 움직였다.

좋아하는 사람에게는 자꾸만 시선이 간다. 그렇게 자주 흘 낏거리다 보면 의외로 많은 것을 알아낼 수 있다. 가령, 송이가 사회 시간을 앞둔 쉬는 시간에는 평소보다 더 자주 거울을 들여다보고 다른 수업 때와 달리 칠판 정리를 더 정성껏 한다는 것을.

학원 수업이 끝나고 집으로 향했다. 오늘 송이와 나눈 대화 내용을 복기하며 걷는데 누가 뒤를 밟는 듯한 기척을 느꼈다. 아름은 이미 번화한 사거리를 지나쳐 좁은 골목으로 들어선 뒤였다. 골목을 밝히는 가로등은 꽤 어두웠고 불길한 예감이 불쑥 들었다. 어쩐지 지금 아름의 뒤를 쫓고 있는 사람은 아름이 초능력자인 사실을 알고 있을 것 같았다.

손에 쥐고 있던 휴대폰을 터치해 비상 연락망 화면을 열었다. 조금씩 더 빠른 속도로 걷다가 어느 순간부터 아름은 뛰기 시작했다. 저 앞에서 우회전을 한 번 하면 경찰서다. 거기까지만 뛰면 된다. 아름은 뒤를 돌아다볼 여유 없이 미친 듯이 뛰었다.

그때 불이 환히 들어온 경찰서 간판이 보였다. 조금만 더 버티면 돼. 이를 악물고 경찰서로 들어가려는 순간 목소리가 들렸다.

"야, 진아름!"

뒤를 돌아다보려는 동작과 앞으로 계속 뛰어나가려는 행동이 얽혀 아름은 앞으로 고꾸라졌다. "으악!" 하는 소리와 함께 바닥에 철퍼덕 엎어진 아름 곁으로 한 사람이 다가왔다.

"괜찮아?"

얼굴을 찡그리며 아름은 위를 올려다봤다. 그제야 아름은 뒤에서 쫓아오던 사람이 자기 또래의 남자애라는 사실을 알아차렸다.

"누구……?"

"나 기억 안 나?"

남자애가 아무렇지 않게 손을 척 내밀었다. 아름은 방심하지 않았다. 저 손을 잡으면 또 속만 시끄럽겠지. 아름은 두 손으로 바닥을 짚고 일어섰다. 무릎이 좀 까졌지만 심하지는 않았다. 아름은 손바닥과 교복 치마를 털었다. 바닥에 넘어진 아름을 보고 경찰 한 명이 다가왔다. 괜찮은지 묻는 경찰에게 아름은 괜찮다고 대답했고, 경찰은 다시 경찰서로 들어갔다.

"네가 갑자기 뛰길래 나도 뛴 건데……."

남자애가 손등으로 안경을 추어올렸다. 저 뿔테 안경. 기억이 날 듯도 하다. 혹시 중2 때 같은 반이었던, 구범석? 그 천상 천하 유아독존? 자신을 뚫어져라 바라보는 아름의 시선을 느꼈는지 범석은 전혀 어울리지 않는 가식적인 미소를 지었다. 그렇게 씨익 웃자 아주 가지런한 이가 드러났다. 기억이 맞는다면 저 자식은 아무 이유 없이 남한테 웃는 애가 아닌데. 아니, 저 애가 웃는 모습을 한 번도 본 적이 없는데.

만나서 반가웠다고 대충 둘러댄 뒤 집으로 후딱 가 버려야겠다고 생각하며 아름이 입을 떼려는데 녀석이 입꼬리만 바짝 당겨 웃는 그 가식 미소를 유지한 채 생뚱맞게 말했다.

"시간 좀 내 줄 수 있어?"

천상천하 유아독존

고진감래(苦盡甘來). 인내는 쓰고 열매는 달콤하다, 고 말할 수 있었다면 얼마나 좋았을까.

하염없는 기다림 끝에 범석은 드디어 편의점 문을 여는 영광을 누릴 수 있었다. 원래 많이 먹는 편도 아닌데 범석은 도시락을 다섯 개나 사서 한꺼번에 먹어 치웠다. 제발 하나만 걸려라. 절로 기도하는 심정이 되었다.

이튿날 아침, 부푼 가슴을 안고 눈을 떴다. 천천히 눈을 끔벅이며 천장을 확인했다. 눈에서 레이저가 나오는 초능력은 패스. 벌떡 일어나 주먹을 꽉 쥐고 벽을 쿵 쳤다. 어우 씨, 아파라. 육체적인 힘을 강화하는 능력 패스. 토스트를 굽느라 바쁜 아빠를 붙들고 눈을 마주쳤다. 타인의 생각이나 마음을 읽는 능력 패스.

오 마이 갓. 모두 꽝이었다. 범석은 기대하던 초능력 대신에 평소와 다른 엄청난 양의 똥을 얻었다. 변기가 막히지 않았다는 사실에 감사함이 물밀듯이 밀려오고 안도감에 가슴을 쓸어내렸다. 콸콸 흘러가는 내용물을 보다가 범석은 깊은 한숨을 토해냈다. 다시 긴 대기 줄에 합류해야 한다고 생각하니 현기증이 일었다.

범석은 방문을 조용히 닫았다. 원래 계획대로라면 일요일은 학원 과제를 하다가 운동을 해야 한다. 그러나 범석은 비장한 얼굴로 책상에 앉아 노트북 전원을 켰다. 유튜브에 접속해 검색어를 넣었다. '도시락의 신.' 조회수가 가장 많은 영상을 클릭했다. 범석처럼 까만 뿔테 안경을 낀 남학생이 속사포 랩을 하는 래퍼처럼 엄청난 속도의 빠르기로 말을 내뱉었다.

"그러니까 말입니다, 여러분. 제 분석을 믿으셔야 해요. 지금 이 도시락 초능력 현상은 전 세계적으로 딱 세 군데에서만 일어나고 있어요. 한국, 미국 그리고 아이슬란드입니다. 공통점을 아시나요? 전 압니다. UFO입니다. 올해 초 UFO 사진이 찍힌 국가에서만 초능력자가 출몰하고 있다. 느낌이 딱, 오죠? 뭐야. 또 외계인 어쩌고야? 제 분석이 실망스러운 분들은 바로 영상을 끄시면 됩니다. 하지만 뭔가 더 들어 보고 싶다, 자꾸 당긴다, 이런 분들은 조금 더 저와 함께해 주시죠."

자칭 타칭 도시락의 신이라 불리는 도신 선생이 화면 밖으로 사라진 자리에 커다란 도표가 나타났다.

"자, 저의 빛나는 분석은 이제부터 시작입니다. 이 도표를 보시죠. 미국과 아이슬란드에서 커밍아웃을 한 초능력자들입니다. 어떠신가요? 놀랍죠? 제가 말씀드리고 싶은 지점이 딱 그겁니다. 세 국가에서 나타난 초능력자들이 일치한다는 점. 투시 능력자? 모두 있죠. 식물과 대화하는 능력? 보시다시피 모두 있습니다. 그런데! 딱 여기가 비죠. 보이십니까? 그렇습니다. 미래를 보는 능력. 미국, 아이슬란드와 달리 한국은 아직 비어 있습니다. 한국 도시락에만 이 능력이 빠진 걸까요? 노, 노! 아니죠. 지난주 영상 내용을 복습해 볼까요? 세 국가 모두 단 하나의 편의점을 통해 초능력이 전달되었다. 편의점의 위치는 UFO가 목격된 곳과 가깝다. 정확히 일주일 동안에만 초능력자가 탄생했다. 한국의 경우 지난주 월요일부터 일요일까지 도시락을 먹은 사람 중에서만 초능력자가 나왔는데, 모두 청소년들이었다."

범석은 화면을 정지시킨 후 조용히 욕을 내뱉었다. 이미 상해 버린 우유를 먹은 셈이네. 이 영상을 진작 봤더라면 그 아까운 시간을 길거리에서 낭비하지 않았을 텐데. 입맛이 무지하게 썼다.

"물론 제 말을 믿지 않으시는 분이 많은 길 압니다. 여전히 편의점 앞에 긴 줄이 늘어서 있는 게 사실이죠. 어쨌거나 제 분석은 그렇습니다. 일주일 동안 총 서른 개의 초능력이 방출되었다. 딱 서른 개다. 그런데 미국, 아이슬란드와 달리 한국에 비어 있는 초능력 자리가 두 개다. 하나는 미래를 보는 능력이고, 다른 하나는 눈빛을 보면 뭘 좋아하는지 간파하는 능력. 그런데 어제 말했듯이 뒤의 능력은 당사자가 나타났다 이 말씀이죠. 최근 밝혀진 이 능력자는 세린고에 다닌다고 하네요."

세린고? 오호라. 진아름을 말하는 거구나. 범석은 그의 말에 점점 끌려들어 갔다. 도신 맞구나. 그의 현란한 말솜씨와 논리적인 분석, 풍부한 자료에 홀라당 넘어가지 않을 수 없었다. 진즉 이 영상을 봤더라면 헛수고를 하지 않았을 텐데. 다리가 저리도록 대기 줄에 서 있지 않았을 텐데.

그렇지만 헛수고를 했기 때문에 진아름을 마주치지 않았는가. 그 순간 아름을 마주쳤기 때문에 방금 영상에서 이야기한 사람이 그 애라는 것을 단박에 알 수 있었다. 무엇을 좋아하는지 간파하는 능력이라니. 구미가 무척 당기는데? 범석은 기지개를 쫙 편 후 다음 영상을 재생했다. 잠을 자야 하는 시각까지 두 눈에 불을 켜고 최대한 많은 영상을 볼 예정이었다.

천상천하 유아독존. 중학교 다닐 때 범석의 별명이었다. 무슨 뜻인지도 모르고 범석은 그저 이 말을 좋아했다. 뭐랄까. 폼 나 보이고 유식하게 들린다고만 생각했다.

별명이 지어지고 며칠 뒤 범석은 이 말의 뜻을 검색해 봤다. 지금 통용되는 뜻은 이러했다. 내가 가장 잘났다. 하늘 위와 아래에서 오직 내가 홀로 존귀하다. 다시 말해 나와 더불어 우주가 시작되고 나와 더불어 우주가 끝난다. 그런데 이 말은 본래 불교 용어였다고 한다. 석가모니가 태어날 때 외친 말인데, 그 의미는 세상 만물의 이치를 홀로 깨우쳐 두렵고 고독하다였다나 뭐라나.

진아름과 같은 반이었던 중2 시절을 회상해 본다. 범석이 천상천하 유아독존이라는 별명을 얻은 해였고 중2병과 더불어 찾아온 자신감 고조가 하늘을 찌르던 시기였다. 그러니까 그 시기 2학년 4반에는 두 명의 특이한 인간이 존재했다. 바로 진아름과 구범석. 아름은 누구에게도 곁을 주지 않는 자발적 아웃사이더였다. 범석은 세상의 중심에 오직 자기만 있는 듯 콧대가 높았지만 친구들에게 돈을 잘 써서 아싸를 간신히 면한 사이비 인싸였다.

범석은 새로운 계획표를 세워야 했다. 아름 때문이었다. 범석은 자기가 무엇을 좋아하고 싫어하는지 전혀 몰랐다. 미래를 아는 능력자를 찾을 수 없다면 아름의 초능력이라도 써 보고 싶었다. 자기가 무엇을 좋아하는지 알아내면 진로를 결정하기 편하리라는 판단에서였다.

경찰서 건너편에 있는 편의점에 들러 상처에 붙이는 습윤 밴드와 콜라를 샀다. 아름이 먼저 방향을 잡았고 범석은 조용히 뒤를 따랐다. 몇 번 온 적 있는 아파트 단지에 들어서더니 아름은 놀이터로 들어갔다. 아름이 그네를 잡아 탔고 범석은 멀뚱히 서 있다가 그 옆의 빈 그네에 앉았다. 아주 천천히 그네를 타는 아름을 힐끔거리다가 범석이 입을 열었다.

"너 초능력 있지?"

아름은 한동안 침묵을 지키더니 다짜고짜 돈 이야기부터 꺼냈다.

"내 초능력 비싸."

"얼만데?"

범석이 생각한 것보다 더 큰 액수였지만, 범석은 아름을 보며 호쾌하게 "콜!"이라고 대꾸했다. 초딩 때부터 모아 온 돈이 그 정도 있었다.

"좋아. 그럼 일주일 뒤에 만나."

아름의 말에 범석은 발끈했다.

"집에 가자마자 이체할 테니까 지금 해 줘."

"안 돼."

"눈빛만 보면 되는 일이잖아!"

그러지 않으려고 조심했는데 결국 안 됐다. 범석은 예전의 그 까칠하고 자기밖에 모르던 천상천하 유아독존의 범석으로 돌아와 있었다.

"싫으면 말고."

까칠한 범석과 냉정하기 짝이 없는 아름의 눈싸움이 이어졌다. 누구에게도 져 본 적 없는 범석은 상황을 직시하고 얼른 꼬리를 내렸다. 지금 이 아이와 싸워 봤자 나한테 득 될 게 없다. 간절히 원하는 게 있는 사람은 나고, 간절히 원할수록 약자가 될 수밖에 없다.

"일주일 뒤 밤 아홉 시 여기에서 만나."

그 말을 남기고 아름은 사라졌다. 범석은 아름의 뒷모습을 쏘아봤다. 1분이라도 약속 시간 어기기만 해 봐. 이를 갈다가 범석은 휴대폰으로 시간을 확인했다. 순간 화는 금방 가라앉았다.

수학 과제를 마무리해야 할 시간이 지나 있었다. 범석은 그네에서 일어나 집까지 달려갔다.

정확히 일주일 뒤, 범석은 지난번에 아름이 앉았던 그네를 탄 채 아름을 기다렸다. 아름은 한층 푸석해진 얼굴로 나타났다. 범석과 아름의 눈빛이 잠깐 마주쳤지만 두 사람은 서로에게 인사조차 건네지 않았다. 아름이 따라오라는 뜻으로 손을 까닥였다. 범석은 아름이 이끄는 대로 순순히 따라가 벤치에 앉았다. 아름은 고개를 숙인 채 땅이 꺼져라 한숨을 쉬더니 갑자기 고개를 치켜세웠다. 아름의 눈길이 범석에게 닿았다. 내 눈을 보려는 거구나. 범석은 긴장한 티를 숨기려 헛기침을 두 번 했고 아름은 범석 쪽으로 고개를 틀었다.

"오래 걸리냐?"

"조용히 좀 하지."

날카로운 목소리에 범석은 입을 삐죽이다가 다물었다. 아름이 고요히 범석의 눈을 들여다봤다. 점점 가까이 다가오는 아름의 얼굴에 범석은 숨을 참았다. 아름의 속눈썹이 길다고 생각했다. 아름의 눈동자가 흑진주처럼 검다고 생각했다. 사람의 눈동자를 이렇게 오래도록 바라보기는 처음이었다. 아름의 눈동자가 범석을 뼛속까지 들여다보는 기분이 들었다. 눈을 감아 버리고 싶었다. 아름의 집요한 눈길을 피하고 싶었다. 하지만 그럴 수 없었다. 범석은 알고 싶었다. 자기가 좋아하는 것이 무엇인지. 그런 것이 있기나 한지.

"너는……."

으레 차갑고 뻣뻣한 아름의 목소리가 들렸다.

"좋아하는 게 아무것도 없네."

하나도 없다고? 범석은 온몸의 피가 빨리 도는 듯한 느낌에 어지러웠다. 입안이 바짝 말랐다. 어쩌면 예상하고 있었는지도 몰랐다. 범석은 무얼 보든 듣든 경험하든 가슴이 잘 뛰지 않았다. 좋아하는 음식도 몇 번 먹으면 질렸다. 좋아하는 사람도 별로 없었고 좋아하는 과목도 딱히 없었다.

"간다."

"잠깐만!"

자리에서 일어서려는 아름의 팔을 잡아챘다. 아름이 본능적으로 범석의 팔을 뿌리치려고 할 때 아름의 손이 범석의 팔등에 잠깐 닿았다. 아름이 숨을 크게 들이마시더니 눈을 동그랗게 떴다. 허공에서 무언가를 읽는 사람처럼 잠시 가만히 서 있다가 아름은 겁에 잔뜩 질린 얼굴로 뒷걸음질 쳤다. 범석을 바라보는 아름의 눈동자가 좌우로 크게 흔들렸다. 범석이 아름 곁으로 다가서려 하자 아름은 몸을 홱 돌려 달리기 시작했다. 범석은 아름이 사라진 방향을 한참 동안 바라봤다. 방금 분명히 무슨 일이 벌어졌는데 그게 뭔지 도통 감이 잡히지 않았다.

쌍성계를 이루는 별들

우주의 나이는 137억 년이다. 칼 세이건이라는 유명한 천문학자는 137억 년을 지구의 1년으로 축약해 보자고 제안했다. 우주의 시작을 1월 1일 0시로 잡으면 태양계는 9월 9일에, 지구는 9월 14일에 탄생했다고 한다. 현대 천문학은 31일 자정을 불과 0.2초 남긴 때에 시작되었다. 우주의 시간에 견준다면 인간은 말 그대로 찰나를 살다 죽는 것이다.

아름은 어릴 때부터 우주에 관심이 많았다. 시골 할머니 댁에 가면 하늘을 수놓은 별을 실컷 볼 수 있었다. 고개를 뒤로 한껏 젖혀 별들을 바라보면 말 그대로 별이 쏟아져 내렸다. 별의 수를 하나하나 헤아리다가 엄마 잔소리에 잠자리에 들어야 할 때마다 아름은 아쉽고 속상했다. 조금만 더 시간이 있으면 남김없이 헤아릴 수 있었을 텐데. 하나도 빠짐없이 바라봐 줄 수 있었을 텐데.

대학에서 천문학을 전공한 엄마의 영향을 받았는지도 모른다. 어쨌든 아름이 우주에 관심이 많다는 사실을 아는 사람은 엄마 빼고 아무도 없다. 아름은 그게 가끔 서운했다. 언젠가는 송이에게 들려줄 수 있을까. 우주에는 태양처럼 홀몸인 별도 있지만 동반성과 함께하는 별이 더 많다는 것을. 두 별이 상대방의 주위를 도는 쌍성계 중에는 두 구성 별이 맞닿을 정도로 가까워, '별의 물질'을 서로 주고받는 근접 쌍성계도 있다는 것을. 쌍성계라는 말을 들을 때마다 송이의 얼굴을 떠올린다는 것을.

수학 학원에서 내려와 사거리 횡단보도에서 신호를 기다리는데 건너편에 서 있는 범석이 보였다. 아름은 고개를 홱 돌리며 왼쪽 방향으로 걸었다. 다음에도 집 쪽으로 건널 수 있는 횡단보도는 얼마든지 있었다.

"진아름!"

범석의 목소리가 들렸다. 아름은 뭐를 물리치려는 사람처럼 체머리를 흔들었다. 어제 범석의 팔에 손이 닿았을 때 보게 된 장면이 제발 머릿속에서 사라지기를 바랐지만 고개를 저어댈수록 더 생생히 떠올랐다.

대학생이 된 범석과 아름이 같은 학교, 같은 학과에서 마주치는 장면. 같은 동아리 후드 티를 입고 엠티를 가는 장면. 단풍이 든 가로수 길을 걷다가 범석이 아름의 손을 확 잡아당겨 입을 맞추는 장면.

이어지는 장면을 더는 볼 자신이 없어 아름은 "으악!" 하고 고함을 빽 질렀다. 그 덕분인지 눈앞을 사로잡았던 이미지들은 빠르게 사라졌다. 아름은 정신없이 집까지 달리면서 우주와 범석과 자신의 초능력에 저주를 퍼부었다.

"진아름, 잠깐만."

헐레벌떡 뛰어온 범석이 아름의 앞을 가로막았다. 아름은 범석의 얼굴을 보고 싶지 않아 시선을 피했지만 범석은 천상천하 유아독존답게 물러설 기색이 없었다.

"3분만, 아니 1분만 얘기 좀 해."

집요하게 매달리는 범석을 떼어 놓고 싶은 마음이 불쑥 일었다. 아름의 입에서 스스로도 예상하지 못한 말이 주르르 흘러나왔다.

"거짓말했어. 나 초능력자 아니야."

아름을 바라보는 범석의 두 눈동자는 전혀 흔들림 없이 아름을 주시했다.

"돈 돌려줄게."

"너, 미래를 보는 거지?"

아름의 눈동자가 크게 흔들렸다. 아름은 범석을 무시한 채 걸었다.

"네 귓불을 봐. 초능력자 아니라는 말을 누가 믿냐?"

아름은 더 빠른 속도로 걸었고 범석 역시 아름의 뒤를 바투 쫓아갔다.

"돈 더 줄게. 내 미래 좀 봐 줘라."

아름은 묵묵부답인 채로 부지런히 발걸음을 놀렸다.

"무슨 과를 가는지만 알려 주면 안 될까? 응?"

갑자기 아름이 우뚝 멈춰 섰다. 덩달아 범석도 멈췄다.

"그만 꺼져 줄래?"

"두 배 줄게. 아니, 세 배!"

"야!"

아름은 이글이글 타오르는 눈빛으로 범석을 째려봤지만 범석은 쫄지도, 긴장하지도 않았다.

"너 어제 내 미래 본 거잖아. 그래서 겁에 질린 얼굴로 뒷걸음질 친 거잖아. 아니야?"

방심한 사이 핵심을 간파당했다. 둔감하기 짝이 없게 생겨 가지고 보기보다 예리하네. 길거리를 가던 사람들이 마주 선 상태로 티격태격하는 아름과 범석을 힐끔거렸다. 아름은 이 상황에서 벗어나고 싶어 대답 없이 다시 걸었다. 범석도 조용히 아름의 뒤를 따랐다. 두 사람은 인적이 드문 길에서 다시 서로를 마주 보고 섰다.

"네 말이 맞아. 미래를 보는 능력이 나한테 있어."

아름이 선언하자 범석은 손뼉을 한 번 쳤다. 그러는 범석의 얼굴에 환한 미소가 떠올랐다. 아름은 물론이고 그 누구도 범석의 얼굴에서 한 번도 본 적 없는 미소였다.

"내 추측이 맞았어."

아름은 단단히 팔짱을 꼈다.

"하나만 묻자."

범석은 미소를 머금은 채 얼마든지 물어보라는 듯 고개를 약간 쳐들었다.

"진심으로 미래를 알고 싶어?"

범석은 잠시도 망설이지 않고 대답했다.

"당연한 거 아냐?"

"뭐가 당연해?"

"그럼 넌 미래를 알고 싶지 않아?"

"어. 난 싫어."

"왜?"

"다 알면 재미없으니까."

범석이 한 손으로 배를 잡고 클클거렸다.

"재미? 재미가 밥 먹여 주냐?"

킥킥대는 웃음소리에도 아름의 얼굴은 여전히 고요했다.

"재미가 밥 먹여 줄지 누가 알아?"

범석의 웃음소리가 서서히 잦아들었다.

"누구를 만나 어떤 일을 하며 어떻게 살지 빤히 알면 숨 막힐 것 같아. 어떤 일이 일어날지 모르니까 인생이 재밌는 거 아닐까?"

아름의 마지막 말이 공기 중으로 조용히 퍼져 나갔다. 아름의 눈동자가 범석을 가만히 들여다봤다. 범석은 아름의 눈길을 피하지 않았다.

"하루만 더 생각해 봐. 내일도 같은 생각이면 알려 줄게. 네 미래."

범석은 고개를 끄덕이지도, 가로젓지도 않고 가만히 있었다. 아름은 그런 범석을 뒤로하고 인적이 드문 골목길로 발길을 옮겼다.

쉬는 시간에 송이가 반 아이들에게 초콜릿을 건네고 다녔다. 해외 출장을 다녀온 삼촌이 선물로 준 초콜릿이라고 말하는 송이 얼굴이 자랑스러움과 즐거움으로 들떠 보인다. 그 모습을 보고 싶어 자꾸만 시선이 간다. 송이가 아름 앞으로 다가와 초콜릿을 건네려 할 때 아름은 차갑게 말했다.

"안 줘도 돼."

송이의 두 눈이 말한다. 당혹스럽네.

"초콜릿 안 좋아해서."

알았다고 말하며 뒤돌아서는 송이의 뒷모습을 아름은 물끄러미 바라봤다. 미안, 이라는 말을 붙일걸 그랬나. 그런다고 뭐가 달라질까. 어차피 송이한테 아름은 회장으로서 챙겨야 하는, 왕따는 아니지만 언제든 왕따를 당할 것만 같은 아이 그 이상도 이하도 아닐 텐데. 어쨌거나 아름은 늘 노심초사했다. 실수로라도 송이 몸에 닿지 않으려고 매 순간 긴장해야만 했다.

3교시가 끝나자마자 톡이 왔다. 보낸 사람은 송이였다.

점심 먹고 매점 앞에서 잠깐 만나.

무슨 일일까. 왜 따로 만나자고 할까. 머릿속에 차오르는 생각 때문에 아름은 점심을 먹는 둥 마는 둥 하고는 일찍부터 매점 근처를 서성였다. 송이가 차분하면서도 우아한 발걸음으로 다가왔다. 바나나우유와 딸기우유를 하나씩 사고는 지난번에 이야기를 나누었던 스탠드에 앉았다. 송이는 두 우유를 양손에 나란히 쥐고 살짝 흔들었다. 어떤 걸 선택할래? 이런 뜻이었다. 아름은 딸기우유를 손가락으로 가리켰다.

"너 요즘 왜 나 피해?"

바나나우유를 단숨에 흡입한 뒤에 송이가 물었다. 우유에 사레들린 아름이 고통스럽게 캑캑대자 송이가 등을 두드려 주려 했다. 아름은 재빨리 손을 들어 송이를 저지했다.

"이거 봐. 네 몸에 손도 못 대게 하잖아."

기침이 어느 정도 가라앉았을 때 아름은 잠긴 목소리로 간신히 말했다.

"내 몸에 닿으면 네 미래가 보이거든."

송이의 두 눈이 휘둥그레졌다.

"사람들 미래 보는 게 힘들어서."

송이가 따뜻한 목소리로 말했다.

"힘들었겠다."

송이의 어깨에 편히 손을 올려 보고 싶다. 송이의 손을 잡아 보고 싶다.

"거짓말해서 미안."

"실은 짐작하고 있었어."

이번에는 아름의 두 눈이 커졌다.

"며칠 전에 요 앞 중학교에서 좋아하는 거 알아내는 능력자가 나왔대. 한 가지 초능력에 두 명의 능력자가 있을 리 없을 테니까."

아름은 한숨을 섞어 마음속에 묻어 둔 말을 꺼냈다.

"누가 초능력 좀 가져가면 딱 좋겠다."

"기다려 봐. 곧 없어질 수도."

아름은 다음에 이어질 말을 기다리며 송이의 입술을 가만히 바라봤다.

"며칠 전부터 초능력이 갑자기 사라졌다는 얘기가 돌더라고. 헛소문일 수도 있지만."

아름은 그 소문이 헛소문이 아니기를 바랐다. 성적이 조금 더 오르거나 피아노를 조금 더 잘 치기를 바란 적은 있지만 초능력을 바란 적은 없었다. 거창하고 대단한 걸 바라지 않는다. 아름은 그저 하루하루를 잘 살아 내고 싶었다. 조용히 자기 것을 지키고 싶었다. 그리고 사랑하는 사람들을 편한 마음으로 어르고 만지고 싶다. 아름은 그게 과한 욕심이라고 생각하지 않았다. 단 한 번도.

초능력이 사라졌다

아름을 만난 이후로 범석의 머릿속에 하나의 장면이 맴돌았다. 중2 때의 일이다. 학교 담장을 가득 채운 장미꽃 때문인지 중간고사가 끝난 덕분인지 반 아이들은 활기가 넘치고 한껏 들떠 있었다. 진아름만 빼고. 아름은 여느 때와 다르지 않은 침착하고 고고한 모습으로 아이들과 계속 거리를 유지했다. 그러던 중 갑자기 자리 배치를 바꾸게 되었다. 아름은 범석의 대각선 앞자리로 옮겼다. 아름이 어떤 행동을 하는지 아주 잘 보이는 자리였다.

5월답지 않게 무척 더운 어느 날이었다. 복습 노트를 채우다가 무심코 고개를 든 범석은 아름의 손가락이 부지런히 움직이고 있는 것을 발견했다. 아름은 종이접기를 하고 있었다. 기름한 손가락들이 부지런히 꼬물거리더니 종이에 아코디언 주름이 잡혔다. 아름이 리본으로 중심축을 단단히 고정한 뒤 쫙 펼치자 아름의 손끝에서 나비가 탄생했다. 갖고 싶다. 확 뺏고 싶다. 범석이 알아차린 욕망은 아주 단순했다. 유치원생도 아니고 저게 뭐라고 소유욕이 발동하는지 스스로도 이해할 수 없었다.

지금 범석의 머릿속을 채운 문장도 아주 단순했다. 아름이 갖고 있는 초능력을 뺏고 싶다. 그럴 수 있다면 무슨 짓이든 할 수 있을 것만 같다.

'어떤 일이 일어날지 모르니까 인생이 재밌는 거 아닐까?'

멍 때리는 사이 아름의 목소리가 머릿속에서 재생되었다. 범석은 마음속으로 번져 나가는 파문을 떨쳐 내려고 고개를 천천히 흔들었다. 양쪽 팔꿈치를 책상에 대고 손등으로 관자놀이 부근을 받치고 있는데 알람이 울렸다. 도시락의 신이 새로운 영상을 업데이트했다. 범석은 서둘러 영상을 재생했다.

"여러분, 미국 UFO 조사 기관 프로젝트 블루북을 아시나요? 17년의 활동 기간 중 UFO로 의심되는 1만 2,618건의 신고를 분석했는데 그중 700건은 여전히 미해결 상태입니다. 그 말은 UFO가 진짜 지구를 다녀갔다는 거 아닐까요? 저한테는 그렇게 들립니다. UFO와 연결 지으면 많은 의문이 한 방에 해결됩니다. 이번 초능력 사태가 왜 한국, 미국, 아이슬란드에서만 일어났는지, 왜 갑자기 초능력이 사라지기 시작했는지까지 말이죠. 제 짐작으로는 UFO와 거리가 멀어지면서……."

뭐? 갑자기 초능력이 사라져?

당장 아름을 만나야 한다. 토요일이니까 아름도 시간을 낼 수 있겠지. 평소 계획대로 토요일을 보낼 수 없겠구나. 완벽하게 계획된 일상에서 한참 멀어진 곳에 서 있는 범석이 아름에게 전화를 걸었다. 귀찮은 기색이 역력한 아름의 목소리에도 주눅 들지 않고 만나자고 재촉했다. 아름은 마지못해 며칠 전에 만났던 곳으로 나가겠다고 대꾸했다.

약속 장소로 걸어가면서 범석은 머리가 터지게 고민했다. 미래를 다 알아 버리면 정말 사는 게 재미없어질까? 그런데 미래는커녕 내일을 모르는 지금도 사는 게 재미없기는 마찬가진데? 이래도 지루하고 저래도 재미없을 바에야 차라리 미래를 낱낱이 아는 편이 낫지 않을까? 지도와 내비게이션을 갖추고 길을 나서면 덜 헤매지 않을까?

벤치에 앉아 있는 아름의 뒷모습이 보였다. 범석은 천천히 걸어가 아름과 조금 떨어져 앉았다. 아름은 고개를 돌려 힐끗 범석을 바라보더니 시선을 다시 앞으로 돌렸다. 잠깐이지만 범석은 아름의 옆모습을 볼 수 있었는데 어쩐지 어제보다 훨씬 편안해 보였다.

"결정했어?"

아름은 범석에게 눈길조차 주지 않고 건조하게 물었다.

"응. 미래를 알고 싶어."

범석은 아름을 바라봤지만 아름은 놀이터 주변을 빼곡히 채운 들꽃을 바라보느라 바빠 보였다.

"너, 『우주형제』라는 만화 아냐?"

아름이 불쑥 물었다.

"아니. 그건 왜?"

"그 만화 네가 좋아할 것 같아서."

우주? 만화? 눈앞에 보이는 내 미래에서 만화를 본 걸까? 내가 웹툰 작가가 된 장면을 본 걸까?

"시간 되면 봐 봐. 그 만화 퀄리티 쩔어."

아름 곁으로 하얀 나비 한 마리가 날아와 퍼덕거렸다. 아름은 범석의 대답을 기다리지 않았다는 듯이 이어 말했다.

"그 만화에 나오는 강아지랑 닮았어."

"누가?"

"너 말이야."

사람이 아니라 강아지랑 닮았다고? 이게 진짜.

"기분 나빴다면 쏘리. 아무튼 그 만화책 읽고 싶으면 말해. 내가 빌려줄게."

그렇게 말하고는 아름은 범석을 향해 고개를 돌렸다. 아름의 얼굴에 부드러운 미소가 남아 있었다. 처음 보는 미소였다. 온종일 봐도 질릴 것 같지 않은 그런 미소였다.

"초능력이 사라졌어."

범석은 입술을 동그랗게 말아 한숨을 길게 내쉬었다. 정말일까? 아직 사라지기 전인데 거짓말을 하는 걸 수도 있다. 그렇다 해도 별수 없었다. 가르쳐 주기 싫다는데 어쩌겠는가.

"돈은 돌려줄게."

하얀 나비가 범석과 아름 사이를 하늘하늘 날아다녔다. 나비가 사라진 자리에 아름의 무릎이 보였다. 습윤 밴드를 보다가 범석은 헛기침을 두 번 했다.

"무릎은 괜찮냐?"

아름은 고개를 살짝 숙여 자기 무릎을 잠깐 바라봤다.

"그럼."

어색한 침묵이 흘렀다. 범석은 무슨 말이든 꺼내야 할 것 같아 입을 열었다.

"너 넘어지는 모습 진짜 웃겼는데. 그거 찍어서 영구 보존했어야 하는데."

"웃기냐?"

아름이 잠깐 눈을 흘겼고 범석은 어깨를 으쓱했다. 그 모습을 보다가 아름이 풋, 하고 웃었다. 범석은 아름의 웃음을 넋 놓고 바라보았다.

미래를 속속들이 알고 싶었다. 분명 그러려고 나온 자리다. 아름이 미래를 알려 주지 않으면 세게 나가려고 다짐했었다. 화를 내든 협박을 하든 무슨 수를 써서라도 미래를 순순히 말하게 하겠다고 벼르고 별렀다. 그런데 미래는커녕 이번 중간고사 점수조차 모르는 신세인데도 기분이 나쁘지 않았다. 오히려 기분이 좋았다. 아름과 더 이야기를 하고 싶을 뿐이었다. 아주 시시콜콜한 얘기라도 괜찮으니 조금 더 아름의 목소리를 듣고 싶었다.

"너, 〈우주 전쟁〉이라는 영화는 아니?"

얘가 아까부터 왜 자꾸 우주 타령이야. 범석은 뾰족한 목소리로 쏘아붙였다.

"너 뭐냐. 미래를 보는 능력 사라지고, 좋아하는 거 알아내는 능력으로 갈아탔냐?"

범석이 핀잔을 주는데도 아름은 조용히 미소 지었다.

"뭐, 그럴지도."

아름은 미소를 머금은 채 자리에서 일어났다.

"하여튼 영화도 좀 보고 책도 좀 봐라. 공부만 하지 말고."

"웬 잔소리 모드? 우리 엄마도 나한테 잔소리 안 하는데."

"오, 그러셔?"

이상한 일이다. 아름이 늘어놓는 잔소리가 싫지 않다. 계획표에 어긋나는 생활을 해서 맛탱이가 갔나?

"난 이만."

이렇게 말하고 아름은 놀이터를 빠져나갔다. 점점 멀어지는 아름의 뒷모습을 바라보는 내내 범석은 마음이 싱숭생숭했다. 자꾸 나대려는 심장을 손바닥으로 지그시 누르는데, 아름이 갑자기 방향을 돌려 범석이 있는 곳으로 돌아왔다.

"내비게이션 찍을 때 목적지보다 더 중요한 게 뭔지 알아?"

아름의 기습 질문에 범석은 두 눈을 멀뚱멀뚱 깜박였다.

"지금 내가 서 있는 위치야. 위치를 알아야 목적지까지 가는 최단 경로를 안내해 줄 수 있어."

목적지보다 지금 서 있는 위치가 중요하다고? 대체 무슨 말인지 하나도 모르겠다.

"나중에 동아리에서 보자."

마지막 말을 남기고 아름은 유유히 사라졌다. 무슨 동아리? 아름은 범석과 같은 동아리가 아니었다. 갑자기 범석이 가입한 독서 토론 동아리로 옮기겠다는 뜻인가? 초능력이 사라지니 쟤도 맛이 갔나?

그날 밤 범석은 이달에 남은 용돈을 탈탈 털어 캐시를 충전했다. 아름이 말한 만화와 영화를 보느라 밤을 꼴딱 새웠다. 만화 스토리와 캐릭터가 흥미로워 중간에 끊을 수가 없었다. 그렇다 하더라도 놀라운 일이었다. 무엇을 하든 범석은 늘 수면 패턴을 철저히 지켜 왔다. 한숨도 안 자고 밤을 지새우기는 처음이었다.

아침을 몇 숟가락 뜨는 척하고 방으로 들어와 낮잠을 잤다. 범석이 기억하는 한 오랜만의 낮잠이었고, 꽤 달고 깊은 잠이었다. 당연히 범석이 책상 앞에 앉아 있는 줄 알고 간식거리를 가져온 엄마 때문에 잠에서 깨고 나니 좀 아쉬웠다. 더 자고 싶었는데.

낮잠 자는 범석의 모습에 가장 놀란 사람은 엄마였다. 엄마는 범석이 크게 아프다고 생각했는지 호들갑을 떨며 범석의 이마와 뺨에 손등을 갖다 대고 체온을 쟀다.

또 아름을 볼 수 있을까. 만약 한 번 더 만날 수 있다면 말해 주고 싶었다. 네가 추천한 만화 봤다고. 몰입력이 좋아서 단숨에 다 봐 버렸다고. 만화에는 가슴에 남은 대사가 많았는데 넌 어떤 대사를 좋아했느냐고. 그중 하나만 고르라면 이걸 뽑고 싶다고.

'너에 대해서라면 네 가슴이 알고 있는 법이야. 어떤 게 즐거운지로 결정해.'

네 덕분에 내 가슴이 알고 있는 것들이 궁금해졌다고. 내가 무엇을 할 때 즐거운지 하나쯤 알고 싶다고. 네 초능력은 사라졌지만 내게 너는 여전히 초능력자 같다고. 언젠가는 이 말을 아름에게 전할 수 있을까. 확실한 것은 아무것도 없었고, 범석은 아직 오지 않은 미래가 처음으로 궁금해졌다.

새로운 별의 탄생

잠이 오지 않는 밤이면 아름은 작은 빛이 되어 우주의 끝까지 날아가는 상상을 했다. 초은하단을 넘어 우주를 끝도 없이 날아가다 보면 한 가지 생각이 머릿속에 남았다. 이 거대한 우주에서 태양계는 작디작구나. 지구는 정말 눈곱보다도 작구나. 지구에서 살아가는 인간은 이 우주 속 작은 먼지보다도 작구나. 그러니 좀 보잘것없고 실수를 반복하고 실패만 하더라도 괜찮은 거구나. 탁 트인 시야와 우주에 대한 넓은 사유가 주는 위로가 장난 아니게 컸다.

아름은 기지개를 켜며 창가로 다가갔다. 흐릿한 밤하늘에 별빛 하나가 새로이 반짝였다. 방금 새로운 별이 탄생한 건가? 착각이어도 좋았다. 가슴이 쿵쾅거렸다. 자랑스럽게 반짝이는 별빛을 눈에 담았다. 송이에게 말해 주고 싶었다. 막 탄생한 저 별에 네 이름을 붙여 주고 싶다고. 그게 부담스러우면 함께 이름을 지어 주자고.

초능력이 사라지기 시작했다는 소문은 사실이었다. 아름은 송이가 말해 준 소문의 진실을 확인해 보기 위해 루미를 이용했다. 미래를 이미 알고 있으면서 사람이 아니어서 부담이 없는 존재는 루미가 유일했다.

"루미야."

저를 부르는 소리에 루미가 조용히 튀어나왔다. 소파 뒤에 숨어 있었던 모양이다. 장갑을 벗은 아름이 낯설었는지 루미는 다가올 듯 말 듯 머뭇거렸다. 아름은 심호흡을 하면서 루미에게 천천히 손을 뻗었다. 루미의 부드러운 털에 손이 닿자 아름은 눈을 질끈 감았다. 휴, 아무것도 보이지 않았다.

체육 시간. 배구공 토스하는 연습을 했더니 금세 땀이 비오듯 흘렀다. 잠깐 쉬려고 스탠드에 앉았을 때 송이가 이마에 맺

흰 땀을 훔치며 다가왔다.

"와, 여름인 줄."

송이 말에 대꾸를 해 주고 싶어 아름은 서둘러 입을 열었다.

"진짜 덥다."

아름은 고민했다. 손에 쥐고 있는 물병을 권할까 말까. 권한다면 송이가 물을 마실까. 왜 마시던 물병을 주냐고 기분 나빠하지는 않을까.

"물…… 마실래?"

아름이 송이를 넌지시 바라보자 송이는 해맑게 웃었다.

"좋지."

엄마가 그랬다. 우리 몸에 들어 있는 원자들은 모두 오래전 항성의 심장부에서 만들어졌다고. 그러니 다른 사람의 살갗을 만지는 것은 곧 별의 조각을 만지는 것과 같다고. 그 말을 듣는 순간 아름의 심장은 마구 두근거렸고 송이의 아름다운 손가락을 떠올렸다.

아름은 용기를 짜내어 물병을 내밀었다. 초능력의 잔상이 남아 만약 송이의 미래가 보인다면? 그렇다 하더라도 쭉 뻗은 손을 거두고 싶지 않았다. 송이의 보드라운 손등에 살갗이 스치면 어떤 느낌일지 궁금했다.

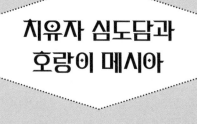

치유자 심도담과
호랑이 메시아

초록이

나는 초록이를 발견하고 벤치에서 일어났다.

오늘의 초록이는, 우리 엄마 나이쯤 되어 보이는 사람이다. 온몸이 움직이는 형광펜 자국처럼 초록색으로 빛난다. 정수리에 삐친 머리카락은 한 올씩 그린 형광 더듬이 같다. 본래부터 형광 초록 인간이어서가 아니라, 내 눈에 그렇게 보이는 거다.

이 세상 생명체는 웬만하면 다들 어디가 아프다. 엄마 말에 따르면 나이를 먹을수록 여기저기 탈이 난다는데, 나이가 어려도 한두 군데쯤은 안 좋은 구석이 있다. 나만 해도 폰 중독이라 거북목에다가 어깨는 둥글게 말리고 밤만 되면 팔이 뻐근한걸,

뭐. 하여튼 그 수많은 이들 중에서 내가 고칠 수 있는 몇몇은 형광 초록색으로 빛난다. 나에게는 아픈 부위에 손을 얹어 통증이나 증상을 일시적이거나 한시적으로 사라지게 하는 능력이 있다. 나는 그걸 치유 능력이라고 부른다. 치유라는 말이 좀 거창하긴 하지만 치료는 또 너무 의료적인 느낌이라서.

초록이가 횡단보도 쪽으로 걸어가고, 나는 초록이에게 다가간다.

바퀴 달린 시장바구니를 다리 쪽으로 당기더니 멈춰 서는 초록이. 신호가 바뀌기를 기다리는 잠깐 동안, 오른손 주먹으로 왼쪽 어깨를 콩콩 두드린다. 아픈 어깨 쪽이 유독 짙은 초록색으로 빛났다. 콩콩에서 쿵쿵으로, 쿵쿵에서 쾅쾅으로 강도가 세져 간다. 저러다 어깨 부서질까 봐 내가 다 겁났다. 두드릴 때마다 형광 초록빛이 야광 공처럼 튀어 올랐다.

얼마나 아프면 저럴까, 진짜.

나도 사흘 내내 폰을 손에서 놓지 않고 지냈더니 나흘째 되는 날 돌덩이로 다시 태어난 듯 목과 어깨가 굳어 버렸던 경험이 있다. 내 나이 열다섯 살이지만 상상력을 발휘하면 중년의 신경통이나 관절염, 근육통에도 공감이 간다. 더구나 우리 엄마라는 예시도 있으니까.

엄마는 시금치만 좀 팍팍 무쳐도 어깨가 아프다며 절절맨다. 그때마다 이놈의 오십견이 오십도 되기 전에 오고 난리라며 투덜투덜 파스를 붙이지만 영영 모르겠지, 유효 기간 지난 파스 말고 막내딸 덕분에 통증이 사라진다는 사실을. 내 손길이야말 로 엄마에게는 약손이다. 파스를 붙여 주거나 머리카락을 떼어 주거나 어깨를 주물러 주면서 아픈 부위에 손을 대는 방법으로 나는 엄마를 치유해 왔다. 물론 그 비밀을 발설한 적은 없다. 상 황이 복잡해지거나 귀찮아지는 건 질색이니까.

초록이가 찡그린 얼굴로 횡단보도를 건넌다. 왼쪽 어깨를 한쪽만 파먹은 달걀찜처럼 내려뜨리고서. 오후의 그림자가 멍 처럼 시커먼 빛깔로 발뒤꿈치를 따라갔다.

초록이를 뒤따라 걷기 시작하자, 매번 반복되는 고민이 찾 아온다. 저 사람을 내 맘대로 고쳐도 되는 걸까, 하는. 의식의 흐 름대로 풀어서 설명하자면 이렇다. 자기를 잠시라도 낫게 해 달 라고 부탁받지도 않았는데 건강 상태라는 개인 정보를 파악하 여 일종의 치유 행위로 연결하는 것이 자의식 과잉에 자기만족 추구형 오지랖은 아닐까……?

그때, 초록이의 형광 초록빛이 여러 농도와 밀도로 일렁이 더니 경고 등처럼 깜빡거렸다. 시간이 얼마 남지 않았다는 뜻이 다. 1분이나 2분, 어쩌면 5초나 10초. 내가 능력을 발휘할 수 있 는 시간은 초록이마다 다른데, 며칠씩 가는 경우도 없지는 않지만 보통은 분 단위, 길어 봐야 몇 시간이다.

해? 말아?

나는 최후의 끄트머리까지 갈등한다. '해'를 택하면 적어도 오늘 하루, 운 좋으면 며칠 동안 초록이는 통증에서 해방되어 가뿐한 몸으로 어깨춤까지 가능. '말아'를 택하면 파스를 붙이거나 진통제를 먹고도 잠을 설칠 테고. 엄마를 봐서 살 안나. 심한 통증이 찾아왔는데도 어쩐 일인지 엄마가 초록색으로 빛나지 않을 때가 있는데, 그런 경우에는 나도 손쓸 방법이 없다. 치유 능력은 초록이한테만 통한다.

초록빛이 사방으로 흔들리며 튄다. 이 정도라면 남은 시간은 10초 미만. 초록이의 찡그린 눈썹과 이마가 우리 엄마와 똑같아서 나는 그만 마음이 약해져, 아니지, 독해졌다. 왜 독해져야 하느냐면, 실패 없는 일격이 필요하니까. 빠른 걸음으로 초록이에게 다가붙어서 오른손을 들고는 초록이의 왼쪽 어깨를 내려친다. 망설이지 않고 과감하게, 철썩.

인도에 발을 내디디던 초록이가 으아악, 절규하면서 뛰어올랐다. 그 아픈 데를 매운 라면에 캡사이신 퍼붓듯 얻어맞았으니 그럴 수밖에.

"뭐야, 누구야!"

잡아먹을 듯 소리치며 주변을 둘러보는 초록이. 이번에는 초록이가 나를 발견했다.

"학생이야? 학생이 그랬어?"

"아, 그게, 네……."

"미쳤어? 왜 사람을 때려? 그것도 아파 죽겠는 데를? 내가 정말 어깨가 아파 갖고 눈물이 찔끔찔끔 나는데 거길 왜 때려. 왜 때리냐고, 응!"

"죄송해요. 벌 때문에……."

"벌? 무슨 벌? 천벌?"

"아뇨, 말벌이 어깨에 앉아 있었어요."

"내 어깨에?"

"이젠 날아갔어요. 저기, 저쪽으로요."

"아니, 그래도 그렇지, 뭘 그렇게 세게 때려요? 살짝 겁만 줘서 날려 보내도 되는데."

초록이는 꿀벌이 모아 놓은 꿀을 한입 삼킨 듯 표정이 누그러지더니 도끼눈을 풀었다. 나는 이때다 싶어서 상황별로 준비해 둔 변명을 읊었다.

"이따만한 벌이었거든요. 눈이 마주칠 정도로 컸어요. 깜짝 놀라서 저도 모르게 그만……. 죄송해요. 제가 쓸데없이 손이 매워서……."

말했다시피 나는 아픈 부위에 직접 손을 대야 통증이나 증상을 없앨 수 있다. 가벼운 두통이나 속 쓰림, 셋째 날의 생리통 쯤은 기도하듯 손을 얹는 우아한 동작으로도 해결된다. 그러나 정도가 심한 증상이나 고질병은 특히 이렇게 시간이 촉박한 경우, 세게 후려쳐도 없어질까 말까다. 괜히 예의를 차린답시고 슬쩍 건드리기만 했다가는 허탕을 치고 만다.

"그래요? 학생 아니었으면 큰일 날 뻔했네. 예전에 성묘 갔다가 벌에 쏘여서 고생했거든. 뺨을 쏘였는데 글쎄 발바닥까지 아프더라니까. 학생은 괜찮아요? 안 쏘였어?"

"네, 전 괜찮아요."

"어린 학생이 착하기도 해라. 고마워요!"

고맙다는 인사까지 들었으니 치유의 법칙 2번에도 부합한다. 서서히 사라지는 초록빛. 형광펜 자국에 수정 테이프를 덧칠하듯 통증이 저 밑으로 가라앉는 중이다. 이제 초록색으로 빛나지 않는 초록이는 어깨가 아프지 않다는 사실을 곧 깨닫게 될 것이다.

반대편으로 걸어가는 초록이를 바라보다가 나는 마을버스에 올랐다. 자리를 잡고 앉자 안도감으로 휴, 한숨이 나왔다. 오늘은 운이 좋았다. 같은 성별이라 거리낌이 적었고, 민망하거나 어려운 부위도 아니었다. 민망한 부위였다면 시도조차 못 했겠지만.

폰을 꺼내 메시아의 사진을 띄운다. 허공을 향한 시선이 공

허하고 슬퍼 보였다. 초록이에게 고맙다는 말을 듣고 가뿐해진 마음에 메시아의 자리가 우묵하게 파였다. 초록이들을 치유할 때마다 능력이 조금씩 강해지고 있지만 그렇다 해도 메시아를 도와줄 형편은 안 된다. 머나먼 이국에 사는 메시아를 직접 만날 수가 없기 때문이다. 어떡하든 만난다 해도 메시아가 초록이 상태가 아니라면 능력이 통하지 않을 테고.

메시아의 SNS 계정에 새 글이 올라왔다는 알림이 뜬다. 나는 '번역하기'로 글 내용을 파악했다.

오늘도 벽만 바라보며 우두커니 앉아 있는 메시아.
언제쯤 밝고 환한 표정을 보게 될까?

나는 "기운 내, 메시아."라고 댓글 창에 적었다가 지웠다. 기운 내라는 말로 그치는 것이 아니라 정말로 기운 나게 해 주고 싶은데, 방법을 모르겠다. 치유자 심도담이 모르면 대체 누가 알까.

버스가 신호를 받고 멈춰 서자 차창 밖으로 아는 얼굴이 보인다.

솜이였다.

치유의 냅칙

치유 능력이 언제부터 생겼는지는 나도 모르겠다. 꼬리뼈 안쪽에 숨은 꼬리라도 되는 듯 태어날 때부터 있었는지도 모르고, 돌잔치에서 돌잡이로 요술 봉 장난감을 집었을 때 뿅 생겨났을 가능성도 0은 아니겠고. 엄마와 아빠가 증언하기를, 걸음마를 뗄 무렵 침대에서 떨어져 방바닥에 머리를 찧은 적이 있다던데 그때가 운명이 바뀌는 순간이었을 수도 있다.

그러나 내 능력을 깨달은 날만큼은 똑똑히 기억한다. 초등학교 3학년, 장미꽃 넝쿨이 담장을 타고 오르던 늦은 봄날이었다.

난 어릴 적부터 털 달린 동물, 특히 고양이라면 팔다리가 꽈배기처럼 꼬이며 정신을 못 차렸다. 집에 거주하는 동물은 인간뿐이어야 한다고 주장하는 아빠 때문에 고양이를 키우지 못해 슬플 따름이었다. 아빠를 다른 집에 입양 보내야 하나 싶었는데 신청하는 집이 없을 듯해서 포기. 길거리에서 고양이와 마주치면 다리가 저리도록 쪼그리고 앉아 하염없이 바라보며 아쉬움을 달랬다. 자주 보고 오래 봐서 정든 길고양이도 있었다. 흰색 바탕에 회색 얼룩이 묻은 고양이, 사랑이가 그랬다.

사랑이는 길거리를 집 삼아 살지만 집고양이처럼 뽀얗고 통통했고, 옆구리에는 하트 모양 무늬가 있었다. 생긴 것도 갓

구운 뭉게구름처럼 귀여운 데다가 성격도 매력적이었다. 땅콩
잼과 딸기잼을 한쪽씩 발라 겹친 토스트처럼 붙임성과 경계심
이 절묘한 조화를 이루었는데, 친하게 지내는 몇몇 인간족에게
만 그 매력의 진가를 드러냈다. 고 앙큼한 매력에 빠져 허우적거
리는 동네 사람들은 녀석에게 사료와 간식을 바쳤다. 용돈으로
산 고양이용 간식을 주머니에 넣어 다니는 나도 그 무리의 일원
이었고. 반대편 주머니에는 다른 애들한테 줄 간식도 챙겨 두었
지만 사랑이가 못 견디게 사랑스러운 건 사실이었다.

그날도 아파트 단지의 화단 앞에서 사랑이와 마주쳤다. 반
가운 나머지 사랑아, 하고 이름부터 불렀는데 반응이 이상했다.
평소처럼 급할 일 하나 없다며 기지개부터 켜는 대신, 제자리에
웅크린 채 아오오옹 울기만 했다.

"사랑아, 왜 그래? 어디 아파?"

나는 무릎까지 오는 철책을 넘어 화단으로 들어갔다. 한 걸
음 다가가면 반걸음을 더해 물러나던 사랑이가, 꼼짝도 하지 않
고 소리 없이 우는 시늉만 했다. 오른쪽 옆구리, 하트 무늬 부분에
상처가 난 채로.

"이거 왜 이래! 누가 그랬어!"

놀란 나는 울먹거리며 외쳤다. 풀린 목줄을 끌며 동네를 돌
아다니는 황구? 영역 다툼으로 예민해진 대장 고양이? 누가 그

랬든 불쌍한 쪽은 수척해진 얼굴로 아파하는 사랑이였다.

다시 보니 상처 부위가 초록색으로 빛나고 있었다. 어디서 페인트라도 묻혀 온 걸까? 아프지 마, 사랑아. 나는 간절한 마음으로 팔을 뻗어, 아픈 고양이의 상처 난 옆구리에 손을 얹었다. 다친 데를 씻지 않은 손으로 만지면 안 된다는 상식쯤은 알 나이인데도 그렇게 했다. 그러고 싶었고, 그래야 했다. 상처에 손을 대자 마음속에 손이 또 있어서, 그 마음의 손이 몸의 손에 포개지는 것만 같았다.

사랑이가 낮은 소리로 골골거리기 시작했다. 고양이들은 기분이 좋을 때도 골골거리지만 어디가 아플 때도 통증을 줄이려고 골골거린다던데, 지금도 그런 건가? 내 눈을 동그란 호박색 눈으로 바라보며 야오옹, 우는 사랑이. 꼭 고맙다는 말로 들렸다.

그러고 나서, 무슨 일인가 일어났다. 설명할 길은 없지만 뭔가 중요한 일, 그게 무엇인지는 이튿날 알게 되었다.

하굣길, 자른 나무 그루터기에 올라앉아 고양이 세수를 하는 사랑이가 보였다. 햇살에 털이 반짝거렸다. 옆구리에 난 상처는 하루 사이 부기가 빠지고 딱지가 앉아 있었다. 누가 닦아 주기라도 했는지 초록색 페인트도 감쪽같이 사라졌다.

"약도 얼마 안 먹였는데 한결 나아 보이죠?"

"그러게. 어떻게든 잡아서 병원에 데려가 봐야지 했는데, 안 그래도 되겠어."

"아직 나을 때가 안 되지 않았어요? 건강 체질인가. 아무튼 다행이에요."

동네 사람들이 나누는 이야기가 들려왔다.

나와 눈이 마주치자 사랑이가 야옹, 맑고 짧게 울더니 빙긋 웃었다. 나한테는 그렇게 보였다, 빙긋.

그 뒤로도 사랑이는 착각이거나 우연이거나, 둘 다이거나 둘 다 아니거나, 아플 때마다 홀로 피어난 꽃 한 송이처럼 내 눈에 띄었다. 얼마 지나지 않아 나는, 사랑이가 아플 때면 그 부분이 초록색으로 빛난다는 사실을 알아차렸다. 페인트가 묻은 게 아니었던 거다. 그럴 때마다 나는 아픈 부위에 손을 얹어 사랑이를 고쳐 주었다. 우리 아파트에 사는 캣맘과 캣대디 부부가 눈에 밟혀 안 되겠다며 사랑이를 입양하기로 결심했을 때까지.

기쁜 작별 인사를 나누던 날, 한쪽 무릎을 꿇고 앉아 사랑이의 통통한 볼을 손가락으로 쓸었다. 행복하고 건강하게 살아야 돼, 마음으로 축복하고. 그동안 고마웠어, 눈빛으로 답례하고. 사랑이의 마지막 집이 길이 아니어서, 새로운 집이 멀지 않아서 다행이었다. 사랑이의 하트 무늬를 닮았을 내 심장이 따뜻해졌다.

이렇게 치유 능력을 자각하고부터 나는 가족과 친구, 아파트 이웃부터 시작해 길거리에서 마주친 모르는 사람에 이르기까지 두루 고쳐 주며 능력과 경험을 쌓아 갔다. 그리고 시행착오를 거듭한 끝에, 다음과 같은 법칙을 정립했다.

치유의 법칙
1. 아파서 초록색으로 변한 부위에 직접 손을 대야 한다.
2. 고쳐 준 사람에게 고맙다는 말을 들어야 한다. 단, 말 못하는 동물은 예외.(그렇지만 얘들은 어떻게든 고맙다는 뜻을 전한다.)
3. 내가 나를 고칠 수는 없다.

시간이 흐르면서 나는 점점 능숙한 치유자가 되어 갔다. 물론 비교적 가벼운 병과 증상에 한해서였고, 암과 같은 난치병은 능력 밖이었다. 암까지 갈 것도 없이 할머니의 관절염과 언니의 아토피 피부염, 엄마 아빠를 괴롭히는 신경통과 목 디스크만 해도 버거운 상대였다. 일상 속 난치병은 치유 효과가 작고 지속 시간도 짧았다. 독감도 목에서 누런 가래가 들끓는 수준으로 심해진 상태에서는 치유 결과가 신통치 않았다.

그래도 나는 능력 안에서 최선을 다했다. 엄마가 신경통으로 초록이 상태가 되면 파스 냄새에 시큰거리는 눈을 하고 어깨를 주물렀다. 언니가 잠든 사이, 각질과 긁은 흉터로 뒤덮인 채 형광 초록색으로 빛나는 팔에 손을 얹고 가려움은 썩 꺼져라, 기도했다. 그럴 때마다 내가 꼭, 사소한 병의 나라에 숨어 사는 의사 같았다. 난 아무에게도 내 비밀을 입도 뻥긋하지 않았다. 치유 능력을 알렸다가 무슨 연구소나 비밀 단체 같은 데로 잡혀가서 실험이라도 당하면 어떡하려고.

말했다시피 아픈 데라면 나도 있다. 약을 먹어도 쉽사리 가라앉지 않는 생리통, 다이어트 목적으로 줄넘기를 하다가 나사가 풀린 무릎, 눈물과 콧물이 쏟아지고 재채기가 터져 나오는 비염. 하지만 치유 능력은 정작 나 자신에게는 쓰지 못한다. 나는 한 번도 초록색으로 변한 적이 없다는 말이다. 그런데도 치유의 법칙 3번에 해당하는 이 사실을 인정할 때까지 몇 년은 걸렸다. 그전에는 혹시나 해서 복통이 올 때마다 손으로 배를 문질렀고, 비염 증상이 시작되면 껍질이 일어나도록 코를 비볐으니까. 결국 나를 낫게 한 것은 내 약손이 아니라 그 손으로 입에 넣은 약이었다. 치유 능력은 나 말고 다른 생명체한테만 통했다. 남만 고치고 나는 못 고친다니 자기 얼굴을 보지 못하는 무지개처럼 억울했지만 이제는 체념했다.

어쨌거나, 왜일까? 나는 왜 이런 능력이 있을까?

친구의 이마에 돋은 커다란 초록색 뾰루지를 나도 모르게 손가락 끝으로 건드렸다가 더럽게 무슨 짓이냐며 욕을 먹은 날, 침대에 웅크리고 누워 생각했다. 왜, 어째서, 왜, 왜, 어째서, 나일까. 악랄한 비염이 찾아와서 콧물이 눈물처럼 흐르는 밤이었다. 다음 날 학교에 갔더니 친구는 뾰루지가 덧났다면서 "네가 만져서 그렇잖아!" 하고 쏘아붙였다. 어제 나한테 고맙다는 인사를 했으면 싹 나았을 텐데, 싶었지만 그냥 미안하다고만 했다.

'왜?'라는 물음에 뒤따르는 답은 언제나 '모른다'였다. 누구에게 물어보지도, 어디 가서 하소연하지도 못했다. 치유, 초능력, 초능력자, 이런 단어로 검색해 봐도 쓸모없는 헛소리뿐이었고 동료나 스승, '우리 은하계 초능력 본부'와 같은 권위 있는 기관을 찾지도 못했다. 엄마나 아빠에게조차 입을 꾹 닫고 아무 말도 하지 않았다. 엄마 아빠가 내 비밀을 지켜 줄거라고 믿는다면 순진한 착각이었다. 나도 참지 못하고 털어놓은 비밀이라면 다른 사람이 어떻게 지켜 주겠는가.

치유 능력은 속 쌍꺼풀이 진 눈이나 등에 난 국자 모양의 점, 일요일용 늦잠과 날마다 챙겨 보는 웹툰처럼, 내 일부였다. 때로는 뱃살처럼 거추장스럽고 때로는 이마 선 바로 위에 있어서 앞머리를 정확히 반으로 가르는 가마처럼 짜증스러웠다. 그렇지만 싫어하는 반찬이나 성형 광고를 담은 디엠처럼 없애고 싶다는 생각은 들지 않았다.

나는 남을 고쳐 주는 일이 좋았다. 보람도 있고 재미도 있고 재능도 있었다. 이쯤 되면 천직 아닌가?

그러나 작년에 그 일이 있고 나서는 방침을 바꾸었다. 가족이거나 아예 모르는 사람이 아닌 다음에는 능력을 쓰지 않기로 결심한 것이다. 이게 다 곽은철 때문인데, 으으, 걔 얘기는 하고 싶지 않다.

솜이와 메시아

"도담아!"

솜이가 마을버스에 타더니 손을 흔들어 보이고는 내 옆으로 와서 앉았다.

"506번 탔네? 학원 가는 거야?"

내가 솜이에게 물었다. 솜이와는 초등학교 5학년 때와 작년 중1 때 같은 반이었다. 절친까지는 아니어도 마주치면 인사 나누고, 인사로 말문이 트이면 10분쯤은 막힘없이 수다를 떨게 되는 사이랄까. 그러나 마을버스에서 마주치기는 처음이라 물은 말이다.

"아니, 집. 그저께 이사했거든. 너희 집 근처야."

"진짜? 앞으로 자주 보겠네."

다음 정류장에서 한 할아버지가 버스에 올라 우리 앞쪽에 앉았다. 얇은 겉옷을 벗더니 양손으로 잡고 팡 소리가 나도록 털었다. 차창으로 쏟아져 들어오는 햇살에 먼지 입자가 환히 보였다.

잠시 뒤, 솜이가 기침과 재채기 중간쯤 되는 소리를 내며 말했다.

"저기, 창문 좀……."

솜이의 부탁에 나는 차창을 활짝 열었다. 먼지 폭풍을 일으킨 할아버지는 옷을 개켜서 무릎 위에 놓더니 이어폰을 끼고 유튜브 시청에 돌입했다. 옆을 본 나는 깜짝 놀랐다. 솜이가 초록이 상태가 되어 온몸이 초록색으로 빛나고 있었다.

"너 아파 보이는데 괜찮아? 혹시, 천식이야?"

"응, 방금 전에 먼지 때문에……. 집먼지진드기가 있었나 봐."

솜이가 바람 새는 목소리로 대답했다. 그렇다, 솜이는 천식이 있었다. 미세 먼지가 심한 날이나 환절기에 천식 약이 든 흡입기를 입에 대고 빨아들이는 모습을 종종 봤다.

지금도 솜이는 흡입기가 필요해 보인다. 천식 증상이 점점

심해지고 있다. 어깨가 들썩이도록 숨을 몰아쉬면서 가방을 뒤지는 솜이. 나까지 눈으로 함께 가방 안을 뒤적였지만 이만큼 찾았는데도 안 나오면, 흡입기는 집에 두고 온 거다.

'새초록하다'라는 말을 창조하고 싶을 만큼 초록빛이 짙어지는 솜이. 아, 어떡하지! 일단 얘를 데리고 버스에서 내려야 하나? 내려서 119를 불러?

"나 좀, 도담아, 숨을 못 쉬겠어⋯⋯."

괴로워하며 꺽꺽대는 모습이, 당장이라도 어떻게 될 것 같았다. 버스에서 내린다 해도 이 근처에는 병원이 없고, 구급차가 도착하려면 못해도 5분은 걸릴 텐데 그동안 솜이가 버텨 줄까.

결국, 내가 해결해야 했다. 솜이는 초록이이고, 나는 치유자니까. 가족 말고 아는 사람에게는 오지랖을 펼치지 않기로 결심했지만 이런 응급 상황에서는 내 결심 따위 뒤로 밀쳐 두자.

가방에서 텀블러를 꺼냈다. 졸릴 때 마시려고 준비해 둔 진한 아메리카노가 남아 있었다. 천식 발작이 일어났을 때 커피를 마시면 기관지가 확장된다는 내용을 영화에서 본 기억이 났다. 솜이 입에 텀블러를 대고 커피를 흘려 넣은 다음, 쇄골 아래쪽에 두 손을 얹었다. 그 부분의 초록빛이 다른 데보다 짙었다.

"괜찮아, 솜이야. 괜찮아질 거야."

손에 힘을 주며 몇 번이고 말해 줬다.

솜이가 의자 등받이에 몸을 파묻듯 기대고는 핏기가 가신 입을 달싹였다. 뭐라고 말하는 걸까. 숨 쉬기도 힘들 텐데 자꾸 말을 하려 그런다.

고장 난 호루라기처럼 쌕쌕거리던 소리가 줄어들더니 숨결이 부드러워진다. 초록빛도 조금씩 연해진다. 아, 고맙다는 말이었나 보다. 이 위급한 상황에서 고맙다는 말을 어떻게 듣나 걱정되던 차였는데 다행이다.

내릴 때가 되자 솜이는 초록이 상태에서 벗어났다. 그래도 병원에 가서 진료를 받아 봐야 하지 않겠느냐고 했더니, 솜이는 이제 괜찮아졌다고 말했다. 나는 고개를 끄덕이고는 하차 벨을 눌렀다. 삐, 소리가 신호라도 된 듯 피로감이 몰려들었다. 하루에 초록이가 두 명이라니 흔치 않은 일이다. 기력이 다한 데다가, 학원 가는 날이면 학원 앞 편의점에서 삼각김밥과 컵라면을 먹을 시간이라 배가 꼬르륵거렸다. 오늘은 학원 수업이 없다.

"너, 떡볶이 좋아하지?"

나랑 같은 정류장에서 내린 솜이가 물었다.

"응, 좋아하지."

떡볶이는 다들 좋아하지 않나?

"내가 떡볶이 해 줄까? 방금 전에 도와준 거, 너무 고마워서 그래."

사 주는 게 아니고 해 준다고? 떡볶이를? 이상하다고 느낀 것도 잠시, 5학년 때 일이 떠올랐다.

'집에서 떡볶이 해 먹고 소감 영상 찍기'라는 모둠 활동을 하는 날이었다. 솜이와 내가 속한 모둠은 우리 집에서 모였다. 떡을 씻고 파와 어묵을 써는 등 재료 준비는 다 같이 했지만, 수석 요리사는 누가 뭐래도 솜이었다. 솜이는 교과서와는 다른 방법으로 양념을 제조했다. 모계로 삼대째 내려오는 비법 양념이라던가, 그랬다. 모계로 삼대째라니 꽤 거창한 표현이었는데, 실제로 먹어 보니 한층 더 현란한 찬사를 바치고 싶을 만큼 굉장한 떡볶이였다.

"아, 그때 그 비법 양념으로? 모계로 삼대째 양념이라던 거."

"맞아, 그거야. 너 되게 맛있게 먹었잖아. 어때, 너희 집에 가서 해 줄까? 우리 집은 이삿짐 정리가 덜 돼서 지저분하거든."

두 손을 올려 가방끈을 붙잡고 선 솜이는, 정말이지 나랑 떡볶이를 먹고 싶다는 얼굴이었다. 마침 집에 아무도 없겠다, 배도 고프겠다, 거절할 일은 아닌 듯했다. 게다가 다른 음식도 아니고 떡볶이인데, 모계로 삼대째 내려오는 비법 양념이라는데.

"그럼 재료는 내가 살게."

"아니야, 내가 살래. 그러고 싶어."

우리는 정류장 옆에 있는 가게에 가서 쌀떡과 밀떡, 어묵을 한 봉지씩 골랐다.

"너희 집에 대파 있을까? 파란 잎 부분으로."

채소 진열대 앞에서 솜이가 다분히 진지한 투로 말했다.

"있을걸. 냉동실에 얼려 둔 거 봤어."

장을 보고는 솜이가 이사 왔다는 아파트로 걸어갔다. 숙성해 놓은 비법 양념장을 가져와야 한다고 했다. 알고 보니 한 정류장 더 가서 내려도 되는데 나랑 같이 내린 거였다.

나는 동 입구 앞에서 기다리겠다고 하고는, 건물 안으로 들어가는 솜이의 등에 대고 "흡입기도 갖고 와!" 외쳤다.

솜이가 탄 엘리베이터에서 내린 사람이 아파트 건물 밖으로 나왔다. 폰을 들여다보며 나를 지나칠 때 얼핏, 갈라진 귓불을 본 듯했다. 갈라진 귓불이라니 희한해서 나는 뒤를 돌아봤다. 머리카락이 흘러내려 귀는 가려졌고 폰 화면만 보였다. 메시아가 나오는 유튜브 채널이었다. 꽤 인기 있는 채널이라 구독자가 많다는 건 알았지만 바로 앞에서 목격하다니, 좀 신기했다.

5분쯤 지나자 솜이가 에코백을 메고 내려왔다.

우리 집에 도착하자 솜이는 나더러 식탁 앞에 앉아 있으라고 하더니 손부터 씻었다. 솜이가 집주인이고 나는 손님 같았다. 뭔가 어색하기도 하고 친구를 부려 먹는 기분이라, 상황 설정을 해 보기로 했다. 솜이는 고액 연봉을 받는 출장 요리사인데, 내가 1년 8개월 17일 전에 예약하여 어렵사리 모셨다는 설정을 급조하자 신속히 편안해지는 마음.

솜이 요리사는 재료 손질부터 볶은 통깨를 뿌린 마무리 장식까지, 15분 만에 떡볶이를 완성해 식탁에 올려놨다. 겉모습과 냄새와 양, 모든 면에서 두루 훌륭했다. 1년 8개월 하고도 17일을 기다린 보람이 있다니까, 설정의 여운이 참기름 향처럼 감돌았다.

"어때? 맛있어?"

내가 한 입, 두 입, 세 입까지 아무 말도 않고 먹기만 하자 솜이가 물었다.

나는 떡볶이를 씹으면서 허겁지겁 엄지손가락을 치켜들었다. 얼마나 정신없이 먹었는지 손톱에까지 묻은 떡볶이 양념. 그제야 솜이는 안심했다는 표정으로 떡볶이를 앞접시에 덜어 갔다.

떡볶이를 거대 사이즈로 한 냄비 해치웠더니 정신이 아찔할 만큼 배가 불렀다. 나는 솜이에게 잘 먹었다고 인사하고 소파로 가서 드러누웠다. 냄비를 통째로 삼킨 듯 배가 불룩했다.

"맛있게 먹어 주니까 좋다. 은혜 갚은 기분이야."

"은혜는 무슨. 그럴 일도 아니었잖아."

"네가 커피 먹여 주고 괜찮다고 해 줘서 나, 살아난 거잖아.

심리적인 게 은근히 중요하더라고. 아까는 진짜 숨이 안 쉬어져 갖고 드디어 죽는구나 싶었거든."

솜이는 커피와 위로 덕분에 천식 발작이 가라앉았다고 생각하는 모양이었다. 정말 그랬을지도 모른다. 진한 카페인과 진정하라는 도닥임이 치유 능력에 더해져 상승효과를 냈을 수도 있다. 어쨌거나 솜이가 살아났으니 그것으로 됐다. 이토록 훌륭한 떡볶이 요리사인데 죽기라도 했으면 큰일이잖아. 그 정도면 우주적 손실이다.

우리는 흘러간 옛날 옛적 이야기처럼 작년 일을 끄집어내서 수다를 떨었다. 큰비가 내려서 복도까지 빗물이 들이친 일, 급식실 정전 사건, 전교생이 영혼까지 걸고 응원한 체육대회 계주…….

"아, 참! 곽은철 소식 들었어?"

곽은철이라는 이름에 내 표정이 굳자 솜이가 작은 목소리로 "미안……." 하며 눈치를 살폈다.

"아냐, 미안하긴. 걔가 왜?"

곽은철은 작년, 우리 반의 빌런이었다. 미친 오리처럼 꽥꽥 떠들고 다닌다고 해서 붙은 별명이 꽥은철이었는데, 나는 이름 세 글자를 다 부르기도 짜증 나서 그냥 꽥이라고 했다. 꽥은 누군가를 표적 삼아 놀리고 궁지에 몰아넣으며 즐기는 애였다. 그것도 어이가 없을 만큼 유치한 방법으로, 꽥꽥 빡빡 우기면서.
꽥은철이 꽥꽥거리기 시작하면 반 애들은 쟤 또 시작이다, 하고
무시했다. 나도 평소에는 그랬지만 막상 내가 표적이 되자 소용
돌이치는 연못처럼 속이 부글거렸다. 꽥은 내가 남의 몸을 습관
적으로 더듬는 변태라고 떠벌리고 다녔단 말이다!

　"심도담 쟤는 가만 보면 맨날 누구를 만지고 있어. 저번에
서혜원 목을 막 더듬었잖아? 내가 딱 봤지. 진호 넌 쟤가 손을
주물럭거리고 그러지 않았어?"

　혜원이는 고개를 홱 돌렸다가 목을 삐끗하는 바람에 응급
처치를 해 준 것이고, 진호는 급식으로 나온 동그랑땡을 대량
흡입하고는 체기로 힘들어해서 손을 따 주었을 뿐이다. 손 따는
건 치유 능력도 아니고 할아버지가 전수해 준 생활의 지혜였다.
반 친구들에게 베푼 사소한 친절에 꽥은 흙탕물을 끼얹었다. 그
러잖아도 괜한 오해를 막기 위해, (이를테면 천식 발작처럼) 아
주 급하지 않은 한 민감한 부분에는 손대지 않는다는 세부 규칙
을 세워 두고 지켰는데 말이다.

　"심도담, 난 어때? 그러지 말고 자, 만져 보고 판단해."

　꽥은 자기 손등을 내 눈앞에 들이밀었고, 나는 한 걸음 물
러나며 백만 가지 인상을 다 찌푸렸다.

　"토할 거 같으니까 치워."

"토할 거 같으니까 치워엉."

꽥은 내 말을 따라 하며 흥, 하고 머리카락 넘기는 시늉까지 꾸며서 보탰다. 꽥과 친한 애들만 웃었고, 다른 아이들은 미친 꽥은철이 또 꽥꽥거리네, 하는 분위기였다.

나는 꽥에게 월화수목금 5일 동안 시달렸다. 친구들은 신경 쓰지 말고 무시하라고 했다. 최선을 나해 무시했는데도 부스러기처럼 남은 감정이 몸 안을 떠돌며 바스락거렸다. 쟤 변태잖아, 낄낄거리는 소리가 환청처럼 귀에서 윙윙거릴 때마다 방어적이 되었다. 네가 손을 따 주면 체기가 금방 풀린다던데, 하며 찾아오는 아이들을 뿌리쳤다. 누가 담이 들건 넘어지건 신경 쓰지 않았다.

그러다가 집에서 가족들만 고쳐 주기로, 아무도 부탁하지 않은 돌팔이 의사 노릇은 그만두기로 결심하기에 이르렀다. 며칠 지나지 않아 길에서 편두통으로 힘겨워하는 초록이 할머니를 발견하고는 '가족과, 아예 모르는 사람만 고쳐 준다.'라고 결심을 바꾸었지만 말이다. 그리고 오늘, 솜이 때문에 두 번째 결심마저 깨졌다. 솜이가 예외로 남을지, 아니면 웬만한 초록이들은 다 치유하던 예전으로 돌아갈지는 아직 모르겠다.

"꽥은철 걔, 얼마 전에 오토바이에 치였대. 팔이 부러져서 입원했다더라."

솜이의 말에, 나는 불쾌한 기억에서 빠져나왔다.

"걔 축구부 아니었나? 그런데 다리가 아니라 팔을 다쳤네?"

작년 2학기가 끝나 갈 즈음, 꽥은 축구부에 들어간다며 옆 학교로 전학을 갔다. 하긴 축구부가 다리를 다치면 너무 상투적이기는 하지…… 생각하다가 나는 흠칫 놀랐다. 내가 자칭 치유자 맞나 싶었다. 꽥이 다쳤다는 소식에 기쁨(다쳤다!)과 아쉬움(다리가 아니잖아.) 중간의 감정을 느끼다니. 나는 1년 전으로 가서 변태라는 말에 혼자 부들거리던 나 자신에게, '꽥한테 욕이라도 퍼부어! 안 그러면 나중에 후회할걸?' 충고해 주고 싶었다. 무시하라는 말 대신, 저러다가 말 거라는 말 대신.

솜이를 배웅해 주고 돌아오는 길, 버릇처럼 메시아 사진을 확인했다. 그리고 다음 순간, 나는 발걸음을 멈춘 채 폰을 눈앞으로 끌어당겼다.

사진 속 메시아가 희미한, 아주 희미한 빛을 뿜고 있었다. 그것도 파란빛을.

화면에 색 필터가 설정되어 있나 살펴봤지만 그게 아니었다. 햇빛에 반사되어 그런가 싶어서 그늘로 가 봐도 희미한 파란빛. 그늘이라 어두워서 그런가, 밝은 데로 가서 다시 봐도 파란빛. 내 눈이 이상한지 폰이 이상한지. 만약 초록색이라면 이젠 사진으로도 초록이를 볼 수 있게 되었나, 생각했을 테지만 파란 색이라니?

나는 벤치에 앉아 사진을 들여다보았다.

메시아는 올무에 걸려 오른쪽 앞발을 잃은 호랑이였다. 동물 보호 단체가 구조하여 보호하고 있는, 절단 수술을 받아 세 발로 살아가는 호랑이. 다시는 숲으로 돌아가지 못하고 네발로 뛰지도 못할 맹수. 권좌에서 내려온 동물의 왕에게 또 다른 왕, 메시아라는 이름을 붙인 이는 누구일까. 메시아의 이름으로 계정을 운영하면서 다친 호랑이 소식을 올리는 사람일까? 메시아는 죄 많은 인류를 대신하여 죽었다는 사람이다. 죄 없이 고통당하는 호랑이에게 누가 그 이름을 붙여 주었다.

올봄, 동식물 영상을 자주 보는 나에게 유튜브 알고리즘이 메시아 채널을 추천해 주었다. 세 발 호랑이 메시아를 보자마자 사랑이가 떠올랐다. 네발을 가지런히 모은 채 앉아 동그란 호박색 눈으로 나를 올려다보던 고양이. 나 아파, 나 좀 고쳐 줘, 야옹거리며 울던 눈빛. 그 애절함이 호랑이의 깊고 허무한 눈동자에서 어른거렸다. 메시아가 꼭 커다란 사랑이 같았다.

그러나 메시아는 내가 한 번도 치유해 보지 않은 영역에서 어려움을 겪고 있었다. 정신과 정서, 범위를 넓혀 말하자면 영혼. 끔찍한 일을 당하고 보호소 안에서만 지내기 때문인지 메시아는 심한 무기력증과 우울증으로 삶의 의욕을 잃은 채 힘들어했다. 먹이도 잘 먹지 않았고 움직임도 적었다. 나는 내가 자주 쓰는 SNS에서도 메시아의 계정을 찾아 팔로우했다. 계정 주인은 어떤 치료 방법도 통하지 않는다면서, 메시아가 나날이 수척해져만 간다고 염려했다. 벽을 바라보고 웅크린 메시아를 볼 때마다, 사랑이가 어쩌면 조그만 메시아였을지도 모른다는 생각이 들었다.

메시아는 비 내리는 바다의 안개처럼 내 머릿속을 점령한 채 떠나지 않았다. 나는 메시아와 함께 밥을 먹고 길을 건너고 문제집을 풀고 하늘을 봤다. 바다 건너 먼 곳에서 살고 있으면서도 내 마음속에 집을 지은 메시아. 그 소식을 궁금해하는 구독자와 팔로워의 댓글을 보면, 나와 같은 증상을 호소하는 경우가 적지 않았다.

고통받는 호랑이를 고쳐 주고 싶었다. 누군가는 메시아에게 치유라는 방법으로 사죄해야 했다. 의학으로 안 된다면 초능력이라도 동원해서. 나라도 메시아의 치유자가 되어야 했다. 치유 능력이 통할지 확인이라도 해 보려면 일단 메시아를 직접 만나야 하는데, 무슨 수로? 나는 아직 학생이고 돈도 여권도 없으니 다른 나라까지 메시아를 만나러 가지 못한다. 몇 년 기다려 성인이 된 다음 돈을 모아서 메시아에게 간다 해도, 보호소 사람들은 외부인이 맹수를 만지게 해 주지 않을 것이다. 그리고 이런 말은 하기 무섭지만, 그때까지 과연 메시아가 버텨 줄지도 알 수 없다.

메시아 계정을 확인할 때마다 '슬픈 소식을 알려 드립니다. 결국 오늘 메시아가……'라는 피드가 올라와 있을까 봐 조마조마했다. 나는 메시아 사진을 한 장 골라 두고 틈날 때마다 보기 시작했다. 걱정되는 마음을 사진을 보면서라도 달래고 싶었다. 하지만 초록이를 만나 아픈 부위에 직접 손을 대야 한다는 1번 법칙을 떠올리면 초조해졌다. 메시아를 위해 뭔가 하고 싶은데 어찌해야 할지 방향도 모르고 방법도 몰랐다. 메시아는 내 마음속 깊은 곳에 파인 우물이 되었고, 나는 그늘진 우물을 들여다보며 메시아의 안부를 확인했다. 메시아, 거기 있는 거지? 오늘도 버텨 주는 거지?

그런데 오늘, 메시아가 사진 속에서 파란색으로 빛나기 시작한 것이다. 확신은 못 하겠지만 아무래도 그런 것 같다. 마을버스에서 솜이를 도와주었기 때문일까? 그러면 왜 초록이가 아니라 파랑이가 된 거지? 내 치유 역사에서 '파랑이'는 최초의 사건이었다.

치유의 법칙에 변화가 생기려는 것일까.

이제 다시, 실험과 시행착오가 필요한 시점이었다.

파랑이 메시아

현관문 열리는 소리가 났다. 학원 수업을 마치고 온 언니였다. 가게를 운영하는 부모님은 밤 열한 시는 되어야 귀가한다.

나는 침대 옆, 한 뼘쯤 열린 문틈으로 언니를 힐끔 확인하고는 웹툰으로 눈을 돌렸다. 어제 언니와 대판 싸우고 으르렁 상태다. 언니는 고3이 되더니 수험생 위세가 눈 뜨고는 못 봐 줄 만큼 당당했다. 이 세상이 내신과 수시와 수능이라는 3대 진리에 따라 돌아간다는 식으로 자기중심적이었다. 하루에도 몇 번씩이나 '어머, 쟤 왜 저래?' 하고 순수한 놀라움을 느낄 정도였다.

어제는 내가 자기 칫솔에 물을 튀겼다고 얼마나 난리를 치던지. 물증은 물론이고 정황 증거도 없으면서 덮어씌우기는. 모의고사 점수가 잘 안 나와서 만만한 나에게 화풀이하는 중이라는 심증을 확보하고도, 공부에 치이는 언니를 이해해 주라는 엄마 말을 떠올리며 참았다. 그랬다가 10분을 넘기지 못하고 폭발한 이유가 뭐였더라? 하루가 지나서 잊어버렸지만 도발한 쪽이 언니라는 사실만큼은 분명하다.

언니는 부엌 찬장에서 뭘 꺼내더니 비닐 포장을 뜯고 물을 끓였다. 아, 컵라면이네. 컵라면은 아토피 피부염이 있는 언니가 극심한 스트레스를 받았을 때나 먹는 악마의 특식이었다.

얼마 지나지 않아, 컵라면 냄새는 풍기지 않고 끙끙 앓는 소리가 들려왔다. 왜 그러지? 배가 아픈가? 아니면 목 디스크로 인한 두통? 난 모르겠다. 진통제와 근육 이완제라면 잔뜩 있으니까 그거 먹고 낫겠지. 베개를 껴안고 돌아누워서 웹툰 스크롤을 내리려는데, 언니가 끓는 주전자보다 더 큰 소리로 흐느껴 울기 시작했다.

나는 이번에도 10분을 채우지 못하고 몸을 일으켰다. 얄미운 언니여도 우는 소리를 못 들은 척할 만큼 내 마음이 단단하질 않아서, 휴. 밖으로 나가니 식탁 위에 엎드린 언니가 보였다. 컵라면은 뚜껑만 뜯고 물도 붓지 않았다. 남을 울리면 울렸지 좀처럼 우는 성격이 아닌데 무슨 일일까.

"왜 그래? 무슨 일 있어?"

묻는 순간, 언니가 초록이 상태로 변했다. 초록빛이 담요처럼 언니를 감쌌다. 보통은 아픈 부위가 더 밝게 빛나는데, 이번에는 흐리거나 진한 곳 없이 균일한 초록빛이었다. 어디가 문제이길래.

"왜 그러는 건데. 답안지 밀려 썼어?"

언니는 서럽게 울기만 할 뿐 대답하지 않았다.

"친구랑 싸웠어? 대학 못 갈 거 같아서 그래? 아님 뭐, 내일모레 지구 멸망한대?"

"너무 아파⋯⋯."

"아파? 어디가?"

쫑긋거리는 치유자의 귀.

"마음이⋯⋯ 아파⋯⋯."

뜻밖의 대답에 말문이 막혔다. 언니는 무엇 때문에 컵라면에 물도 붓지 못할 만큼 오늘 밤 이렇게 마음이 아플까. 아픈 마음은 어떻게 고쳐야 하나. 마음을 치유하려면 마음이 어디 있는지부터 알아야 했다. 뇌? 심장? 아니면 온갖 감정이 고이는 눈? 어쩌면 메시아의 마음은, 잘려 나간 발에 있었을까? 다는 아니더라도 절반쯤은.

한참 고민하다가, 언니 어깨에 두 손을 올렸다. 온갖 걱정과 분노와 기쁨, 기대와 실망과 좌절과 사랑으로 북적이는 머리를 이고 지탱하느라 굳은 어깨, 거기에 마음이 없으란 법은 없다.

어깨를 주무르자 언니는 몸을 움찔했을 뿐, 관두라며 성질을 부리지 않았다. 언니의 어깨는 따뜻하고 딱딱했다. 나는 공부 계획을 짜고 미래를 염려하고 자기 자신과 경쟁하느라 뭉친 근육을 풀어 주었다. 어깨가 조금씩 부드러워졌다.

"어제 일은, 미안해."

언니가 코맹맹이 소리로 말하자, 초록빛이 연해졌다. 치유의 법칙 2번, 고맙다는 말을 들어야 한다는 법칙이 느슨해지려는지. 어쩌면 고마움은 고맙다는 말뿐만 아니라 미안하다는 말에도 담겨 있는지도.

훌쩍거리던 소리가 멈추더니 조용해지고, 언니는 엎드린 채 잠이 들었다. 초록빛이 잦아들었다 해도 그 빛은 완전히 사라진 것이 아니라 마음속으로 돌아갔을 뿐이다. 밤이 되면 하늘을 날던 새도 집으로 돌아가듯이.

물을 다시 끓여 컵라면에 붓고, 언니의 폰에 3분짜리 알람을 맞춰 준 뒤 방으로 갔다. 3분이 지나자 알람이 울렸다. 1분쯤 더 지나자 후루룩거리며 라면을 먹는 소리가 들려왔고.

묘하게 마음을 위로하는 후루룩 소리를 들으며 메시아 사진을 열었다. 파란색이 짙어졌다. 메시아는 파랑이가 확실했다.

손바닥을 펼쳐 사진 속 메시아에게 댔다. 사진을 만지는 바람에 얼굴 부분이 확대된다. 손가락 사이로 메시아와 눈이 마주쳤다. 나는 그 눈 속에서, 내 소원대로 행복하고 건강하게 지내는 사랑이의 모습을 보았다. 전등을 끄자 사진에서 뿜어 나오는 파란빛이 천장에 어른거렸다. 언제 사라질지 모르는 빛이었다. 빛이 사라지기 전에 메시아를 치유해야 했다. 기적은 가문 날에 잠시 머물다 떠나는 소나기처럼 성격이 급하니까.

언니가 컵라면 국물까지 다 먹었을 무렵, 메시아 계정에 새 피드가 올라왔다.

오늘은 메시아가 기분이 좋은 듯하다.

우리 밖으로 산책을 내보냈더니 풀밭에 드러눕기에 웬일인가 싶었는데, 파란 하늘을 날아다니는 나비를 구경하지 뭔가? 밥도 어제보다 잘 먹었다.

작은 변화에도 희망으로 가슴이 콩닥거리니, 나도 참. 메시아, 힘을 내 보자! 누구에게랄 것도 없이, "고맙습니다, 고맙습니다!" 하는 말이 나오는 하루다.

파란 하늘을 배경으로 푸른 풀밭에 누워 뒹굴뒹굴하는 메시아. 전에 없이 느긋하고 여유로웠다. 새로 올라온 사진 속에서도 메시아는 파랑이 상태였다. 나는 하늘에서 한 조각 베어 문 듯 커다란 웃음을 입에 내걸었다. 잿빛 벽이 아니라 하늘과 나비를 바라보는 메시아 덕분에 내 기분까지 좋아졌다. 계정 주인이 메시아를 대신해서 나에게 고맙다는 인사를 전한 듯한 느낌이 들었다. 별말씀을요, 오히려 제가 고맙죠! 조금이라도 기운을 차려 준 메시아에게 고맙고, 다친 메시아를 구조하고 돌봐 준 사람들에게 고마웠다.

메시아에게 왜 이런 '작은 변화'가 생겼을까? 치유 능력이 점점 더 커져서 마침내 메시아한테까지 통했다고 믿는다면 착각이고 오만이려나. 그렇지만 오해할 이유는 충분하다고 본다.

솜이의 천식 발작을 가라앉힌 다음에 사진 속 메시아가 파랑이 상태가 되었고, 우는 언니를 위로하고 사진에 손을 얹자 이렇게 반가운 소식이 올라왔으니까. 치유의 법칙 2번에 이어, 초록이에게 직접 손을 대서 치유해야 한다는 1번 법칙마저 예외가 생겼다……고 결론 내리고 싶었다. 그 예외가 사실이라면, 이유는? 메시아는 초록이가 아니라 파랑이여서? 이, 모르겠다.

어쨌거나 내 마음대로 심증을 굳혔으니 이제, 정황 증거를 모을 차례였다.

나는 한동안 초록이들 치유에 전념했고, 그럴수록 사진 속 메시아는 파란빛이 조금씩 진해졌다. 내가 따로 저장해 두고 틈날 때마다 보던 사진에서만이 아니었다. 계정에 올라오는 사진마다 메시아는 파랗게 빛났다. 이때 사진 속 메시아에게 손을 대고 나면 그 뒤, 계정이 알려 주는 메시아의 상태가 조금씩 더 호전되었다. 산책을 길게 하고, 세 발로 서툴게나마 뛰기도 하고, 털도 열심히 고르고, 항상 깨작거리던 밥에도 관심을 보이고, 그런 작은 변화들. 난도가 높은 치유를 해낼수록 메시아의 상태도 그만큼 더 좋아졌다. 그렇지만 모래알처럼 작은 변화여서, 시간이라는 파도에 휩쓸려 가고 말았다. 며칠, 어떨 때는 몇 시간만 지나도 메시아는 다시 시무룩해져서 벽을 보고 앉아 무기력한 뒷모습 사진만 생산해 냈다.

사진 속 메시아는 파란빛이 점점 더 진해지더니 폭발하기 직전의 별처럼 강렬한 빛을 내뿜기에 이르렀다. 그리고 어느 날부터인가, 경고 등처럼 깜빡거리는 파란빛. 메시아를 치유할 수 있는 시간이 얼마 남지 않았다는 뜻이겠지.

메시아의 상태를 단번에 몇 단계는 호전시킬 방법이 어디 없을까. 그러려면 우선 내 능력이 커져야 하고, 능력이 커지려면 초록이들을 치유해야 했다. 그것도 높은 난도의 초록이를. 향상된 치유 능력은 사진 속 메시아를 거쳐 실제의 메시아에게 전해질 것이다. 그러리라 믿는 수밖에는 없다.

'메시아를 치유하는 수단으로 초록이들을 이용하기는 찜찜한데……'

'무슨 소리! 일단은 메시아를 살리고 봐야지. 치유자로서 최선을 다해야 하는 거 아냐? 초록이들을 고쳐 주는 게 나쁜 일도 아니고.'

'이제 최선을 다할 시간도 얼마 없어. 어떤 초록이를 치유해야 능력이 단번에 커질지 모르겠단 말이야.'

머릿속에서 반박과 재반박이 폭풍을 만난 바다처럼 들끓었다.

이때, 명언이나 격언이 올라오는 계정에서 이런 말을 발견했다. "하기 싫어도 해야 하는 일이라면 해라. 하기 싫다는 감정은 사라지지만 한 일의 결과는 남는다."

하기 싫어도 참고 해낸다면 결과로 남을 만한 일.

직감처럼 떠오르는 사람이 있었다.

기적이 필요해

문턱 없는 미닫이문이 열려 있었지만 나는 벽에 몸을 붙인 채 고개만 빼서 병실 안을 훔쳐보았다. 4인실, 침대 셋은 비었고 창가 자리에만 누가 누워 있다. 못된 뒤통수로 보아 꽥이었다. 문 옆에 붙은 이름표도 곽은철. 다친 오른팔을 붕대로 친친 감아서 로봇 팔처럼 공중에 고정해 놓았다.

나는 한 가지를 확인하러 왔고, 꽥을 보자마자 그걸 확인했다.

꽥이 초록이인가, 아닌가.

꽥은 초록이였다. 그것도 전에 본 적 없이 강렬한 초록이.

꽥의 오른팔이 옥상 바닥에 바르는 방수 페인트처럼 진한 초록색으로 빛났다. 미친 발광체 같았다. 아, 원래도 미친놈이긴 하지. 어쨌거나 오른팔은 걸쭉한 초록색 페인트에 담갔다가 빼기라도 했는지, 두꺼운 튀김옷 수준의 농도였다. 그런 녀석을 보자마자 난 직감했다. 아, 저놈이다. 저놈을 해치우면, 아니 치유하면, 메시아의 상태는 몇 단계쯤 껑충 뛰어올라 호전될 것이다.

나는 아메바를 사람 만들어서 대학까지 입학시키라는 하늘의 명령이라도 받은 듯 우중충한 기분으로 꽥을 노려보았다.

외모나 체형, 성적이나 성격으로 꽥에게 꼬투리를 잡혀 놀림받던 아이들이 메시아와 겹쳤다. 메시아 계정에 올라온 동영상에서, 메시아는 올무에 걸린 오른쪽 다리를 치켜들고 멍한 표정으로 허공만 바라보았다. 반 애들도 꽥이 떠벌리는 험담의 올무에 걸려들었다. 맞서 싸우기도 하고 화도 냈지만 대부분 무시로 일관했다. 꽥은철이 또 꽥꽥거리네, 귀찮다는 표정으로. 그러나 겉으로 드러내기에는 사소하고 그냥 잊기에는 성가신 상처가 인생 어딘가에 남았을 것이다. 나는 안다.

고개를 돌린 꽥과 시선이 부딪혔다. 쟤가 전학 가고 반년은 훨씬 더 지났으니, 오랜만이다.

"시, 심도담……?"

이게 꿈인가, 하는 눈빛이다.

내가 치유자여서 다행이지, 첩보원이나 자객이었다면 꽥 너는 내 이름을 뱉는 순간 죽었다. 그렇다지만 나도 그다지 유리한 상황은 아니었다. 앞으로 어떻게 할지 작전도 세워 두지 않았는데 병실 앞을 서성대다가 들켰으니. 아마추어처럼 말이다.

"여긴 어떻게 알고 왔어?"

얘 뭐라는 거야. SNS에 병원 사진을 올리고 병실 호수까지 적어 놓고는. '#방문사절'이라는 태그가 달려 있었지만 꽥 같은 관종이 그런 말을 진심으로 했을 리 없었다. 방문 사절=방문 환영, 꽥의 공식이다.

"그냥, 너 보러 온 건데."

말하고서야 아차 싶었다. 전후 사정과 맥락을 제거하고 사실 그 자체만 담은 발언이라 오해를 사기에 딱 좋았다. "네가 메시아를 살려 줄 초록이인지 아닌지 보러 왔어."가 정답에 가깝지만 그렇게 말했다가는 일이 복잡해지거나 내가 이상한 사람이 된다.

그나저나 세상에! 하필이면 꽥이 메시아를 살려 줄 초록이 후보에 오르다니. 다른 후보를 물색할 시간도 없으니 뭐, 시간상으로나 전략상으로나 지금은 꽥 한 명을 공략하는 편이 합리적이었다. 가만, 합리적이라고? 꽥과 메시아는 묽은 수프와 포크처럼 어울리지 않는 조합이잖아? 꽥을 내 손으로 치유한다는 생각만 해도 허파에서 헛웃음이 새어 나왔다. 무슨 이런 운명의 장난이 다 있어.

메시아 사진을 확인했다. 깜박거리는 파란빛. 똑딱똑딱, 째깍째깍, 치유 능력을 발휘할 수 있는 시간이 카운트다운에 돌입

했다. 메시아의 파란빛은 꽥의 초록빛만큼이나 강렬하다. 메시아를 응원하는 전 세계 구독자와 팔로워들의 희망이 올무에 걸려 끊어지기 직전이었다. 그 희망에는 치유자 심도담의 몫도 있었다.

"날 보러 왔다고……?"

아니나 다를까, 꽥이 뭔가 단단히 오해한 얼굴로 되묻더니 침묵을 배경 음악으로 깔며 분위기를 잡으려 들었다. 망했구나, 싶어서 민망함을 떨치려고 화장실에라도 다녀오려 했는데.

"가, 가지 마!"

머리 꽁지를 잡아당기는 외침이었다. 나는 미용실 예약에 실패한 라푼젤처럼 머리칼을 길게 늘이며 복도 중간까지 도망쳤다가, 멈췄다가, 병실로 돌아갔다. 문 앞에서 숨을 고르고는 꽥이 누운 침대까지 걸어갔다. 꽥과 가까워질수록 휘황찬란한 초록빛에 눈이 다 부셨다.

"왜? 할 말 있어?"

말도 없이 찾아와 놓고는 따지듯 묻는 나.

"그게, 나 보러 왔다는 사람은 처음이라서……."

꽥은 머뭇거리며 대답하고 창밖으로 눈길을 돌렸다. 낙엽 떨어지는 가을도 아니고 매미가 찢어져라 우는 여름인데, 다른 사람도 아닌 꽥인데, 그 다름 아닌 꽥의 이마와 눈빛에 처량한 우수가 비구름처럼 가득했다. 나는 황당과 당황, 그 중간쯤 되는 감정으로 꽥의 말을 곱씹었다. 다들 '#방문사절'을 곧이곧대로 받아들였나? 그러다가 깨달았다. '#방문대환영' 태그를 단다고 해도 꽥을 보러 병원까지 올 사람은 없으리라는 사실을. 뿌린 대로 거두는 법인데 녀석은 비호감의 씨앗을 착실히도 뿌려놨고, 그 결과 냉담한 무관심을 거두게 되었다. 애들은 "꽥이 다쳤다고? 냅둬, 무시해!" 했겠지. 나만 해도 메시아가 아니었다면 여기에 얼씬도 하지 않았을 테니.

"나, 맨날 애들 괴롭혀서 벌 받았나 봐. 그냥 재미로 놀린 건데……. 이번에는 운명이 나를 막 놀리는 거 같아."

꽥의 입에서 운명이라는 말이 나오다니 어안이 벙벙하다.

"다음 달에 중요한 대회가 있는데 이 꼴로는 벤치에도 못 앉아. 벌 받은 거지. 그래, 천벌을 받은 거야. 이렇게 꼼짝없이 누워 있으면 시간이 남아돌아서 그런지, 이상하게 옛날 일이 하나하나 떠올라. 너한테도 미안하더라. 변태라고 떠들고 다닌 거, 확실히 유치한 짓이었어."

나는 별말씀을 다 하신다며 손사래를 치지도 않았고, 그 뻔뻔한 입 다물라고 호통을 치지도 않았다. 의심으로 번뜩이는 눈을 가느스름하게 좁힌 채로 새로운 버전의 꽥을 관찰하기만 했다. 뛰어다니는 꽥이 아니라 드러누운 꽥, 깐족대는 꽥이 아니라 후회하는 꽥. 이 반성은 진심일까, 진심인 척일까. 진심 쪽에 가깝다면 평생권일까, 시즌권일까.

공중에 들린 오른팔을 보니 어쩔 도리 없이 메시아가 떠올랐다. 올무에 걸린 오른쪽 앞다리를 치켜든 채로 며칠을 보냈던 메시아. 그런가 하면 사랑이도 생각났다. 염증으로 입속이 헐었거나 발바닥에 가시가 박혔거나 피부병이 생겼을 때마다 네 발을 모아 앉은 채 나를 올려다보던 사랑이. 어째서 못돼 먹고 비열한 꽥이 그 조그만 고양이와 똑같은 눈빛을 하고 있는 거야. 이제 와서 정말이지 어쩌자고.

"저기, 부탁 하나만 해도 돼?"

꽥이 말했다.

"괜찮다고, 괜찮아질 거라고 좀 해 주면 안 될까?"

"내가 왜?"

나는 이렇게 대답하며 침대에서 한 발짝 물러나 팔짱을 꼈다. 내 운명과 꽥의 운명이 너무 가까이 붙어 있어서 불쾌했다. 절실하기 짝이 없는 말투와 표정을 눈과 귀에 테이프 끈끈이처럼 묻혀 가기는 싫었다.

"작년에 반 애들이 그랬거든. 아프거나 다쳤을 때 심도담이 옆에 있어 주면 이상하게 마음이 놓이면서 몸도 괜찮아진다고. 나 입원하고서 별의별 생각을 다 해 봤다고 했잖아. 넌 할머니

나 뭐 그런 옛날 분들한테서 엄마 손 약손, 그런 걸 물려받은 게 아닐까, 하는 생각이 들었어."

할머니한테 물려받았으면 할머니 손이지 웬 엄마 손? 무슨 약손이 모계로 삼대째 이어지는 비법 양념장이라도 되냐, 물려받고 말고 하게? 나는 빙하처럼 싸늘한 냉소를 시도했지만 내 느낌으로도 어색하게 눈썹이나 찡그리고 말았다. 조롱도 하던 버릇이 있어야 제때 써먹는구나.

"그러니까 심도담, 부탁할게. 나 괜찮을 거라고, 나을 거라고 말이라도 한마디 해 주면 안 될까?"

얘한테는 사실, 괜찮다는 말이 아니라 괜찮아지라는 약손이 필요했다. 그리고 나한테는 그 약손이 있었다. 할머니 손도 아니고 엄마 손도 아닌, 치유자의 손. 꽥을 둘러싼 초록빛이 비바람에 휩싸인 풀처럼 흔들리기 시작한다. 얘도 카운트다운에 들어갔나 보다. 그와 동시에, 사진 속에서는 메시아의 파란빛이 파도처럼 넘실댄다. 메시아와 꽥 사이에 갇혀서 이도 저도 못 하는 치유자, 심도담.

"얼른 괜찮아져서 벤치에라도 앉아 있고 싶은데, 이대로는 퇴원도 못 해. 하필이면 지금 딱 벌을 받아 갖고⋯⋯."

현대 의학이 발전을 거듭하는 중이라 해도, 꽥이 얼른 괜찮아져서 경기장에 나가는 일은 불가능해 보였다.

"그러게 작작 좀 하지 그랬어. 시험 벼락치기 하는 것도 아니고, 반성하는 척을 한 번에 몰아서 한다고 해서 뭐 해결되는 일이 있을 거 같아?"

징징대는 녀석 때문에 짜증이 밀려든 나머지 내뱉은 말이었다. 의외로 쨱은 고개를 푹 수그리더니 어깨를 바들거리며 말했다.

"미안해, 심도담……. 내가 다 잘못했어."

다 잘못했다고 말한다는 건, 정확히 뭘 잘못했는지 모른다는 뜻 아닐까. 나는 갈팡질팡하는 생각과 마음을 부스러기까지 긁어모은 다음 병실을 빠져나왔다. 쨱은 나를 두 번 붙잡지 않았다.

엘리베이터를 타러 복도 끝으로 갔는데, 어떤 아주머니가 등을 돌리고 서서 전화 통화를 하고 있었다.

"팔을 예전처럼 못 쓰게 될 수도 있대. 응, 은철이는 아직 몰라. 정말 기적이라도 일어났으면 좋겠어."

쨱의 엄마인 듯한 아주머니가 벽에 머리를 대고 훌쩍거렸다. 이 시점에 쨱 엄마와 마주치다니, 운명의 장난이 영 프로답지 못하고 작위적이다.

엘리베이터까지 따라 들어온 울음소리에 갈비뼈 안쪽이 스산해졌다. 쨱의 엄마는 기적이 등 뒤에 잠시 머물렀다가 떠났다는 사실을 모르겠지. 그분 말대로, 꽉에게는 기적이 필요했다. 치유의 기적이.

그날 저녁, 비가 쏟아졌다.

학원에서 돌아오던 길에 아파트 주차장에서 초록빛을 보았다. 구석진 사투리 공간에 멧비둘기 한 마리가 쓰러져 있었다. 빗물에 젖은 솜뭉치처럼 축 처져서는 부리만 달싹거린다.

새 공포증이 있는 나는, 우산 손잡이를 움켜쥐고 멈칫거렸다. 어릴 때 가로수 밑을 지나가다가 까치에게 정수리를 쪼인 뒤로 그렇게 됐다. 알을 낳은 어미 까치는 누가 둥지 쪽으로 다가오면 경계심이 강해져서 공격적이 된다고 했다. 나중에 사정을 알고 나니 마음은 풀렸지만, 새는 여전히 무서웠다.

나는 초록이에게 다가가지도, 집으로 도망치지도 못하고 망설였다. 다친 비둘기가 이런 폭우를 어떻게, 얼마나 견딜까. 새에게로 한 발짝씩 걸음을 옮겼다. 초록이를 못 본 척하고 지나칠 수가 없었다. 가까이 가서 보니 한쪽 날개가 꺾였다. 차에 치이기라도 했나, 어쩌다가 날개를. 한쪽 발도 반쯤 잘려 있었는데, 아문 지 오래된 상처였다.

비둘기 앞에 쪼그리고 앉아, 메시아 계정에 올라온 어느 날의 산책 풍경을 떠올렸다. 파란 하늘을 나는 나비 한 마리. 그 나비와 같이 이 새에게도 날개가 있다고, 있는데 날지 못한다고 되뇌었다. 그러자 빗물로 젖어드는 마음속에서, 물살을 타는 나뭇잎처럼 용기가 떠올랐다.

그 용기를 모아, 비둘기 날개 위로 손을 가져갔다. 심하게 다친 모양인데 내 치유 능력이 얼마나 힘을 발휘할까, 생각하면서도 다친 날개에 한 손을 얹었다. 차갑게 젖은 깃털 아래로 콩닥거리는 심장이 손바닥에 옅은 온기를 전했다. 다른 손도 손 위에 포개 얹었다. 우산은 목과 어깨 사이에 끼워서 받쳤다. 빗물이 들이쳤지만 더는 차갑지 않았다.

온 정신을 두 손에 집중하려니 나도 아픈 새처럼 진이 빠졌다. 입술이 떨리고 빗물로 젖은 등에서는 진땀이 흘렀다.

빗줄기가 더 거세질 무렵, 비둘기가 꿈틀거리더니 날개를 파닥거렸다. 나는 손을 치웠다. 어느 한순간 꽃이 화아아 피어나듯이, 새는 날개를 펼치며 빗물을 털어 냈다. 부러진 우산살처럼 덜렁거리던 날개는 새로 빚은 듯 완전했다.

"이제 괜찮아?"

물음에 대답이라도 하듯 비둘기가 젖은 운동화에 부리를 비볐다. 이건 고맙다는 인사로 쳐도 되겠지. 다시는 다치지도, 아프지도 말기를.

세상을 여러 조각으로 찢는 번개와 천둥이 어둠을 밝히며 고요를 흔들었다. 멧비둘기는 아무것도 겁내지 않는 날개를 펼치더니 높이 날아올랐다. 나는 우산을 버리고 일어나 고개를 젖혔다. 밝아졌다가 캄캄해지고, 어두웠다가 환해지고, 거대한 불빛처럼 깜빡거리는 하늘에 비둘기가 기다란 궤적을 그었다. 메시아가 숲을 가로질러 뛰어가듯이, 사랑이가 나비를 쫓아 팔짝거리듯이.

괜찮아질 거라고 말해 달라던 꽥의 눈빛이 굵은 빗방울이 되어 이마를 두드렸다. 머리를 흔들어서 그 눈빛을 떨쳐 내도, 비는 계속해서 퍼부었다.

괜찮아질 거라는 말

알람도 울리지 않았는데 눈이 떠졌다. 평소보다 한 시간이나 일찍 일어났다. 폰을 켜고 메시아의 사진부터 확인한다. 파란빛이 어젯밤보다 더 빠른 속도와 강도로 깜빡거린다. 몸과 마음을 다친 호랑이가 먼 곳에서 구조 신호를 보내고 있었다. 날 좀 도와 달라고, 괜찮아지게 해 달라고. 계정에는 아무런 소식이 없어서 더 불안했다.

넋 놓고 누워 있는다고 해결될 일이 아니었다. 1분, 2분 흘러가는 시간이 아까웠다. 일어나서 세수하고 양치질하고, 아침마다 마시는 두유까지 가방에 챙겨 넣고 집을 나섰다.

버스를 기다리는 동안 솜이에게 "나 오늘 너무 일찍 일어남."이라고 메시지를 보냈다. 솜이가 자기는 일찍 일어나는 편이라고 한 말이 생각나서였다. 30초도 지나지 않아 답이 왔다.

> 난 밤에 응급실 갔다 오느라고 꼴딱 샜어. 천식 땜에.
>
> 으, 완전 힘들었겠다.
>
> 이젠 괜찮아. 계속 괜찮으면 좋겠는데.

"괜찮아질 거야."라고 쓰고서 문장 첫머리에 넣을 단어를 썼다 지웠다가 했다. 언젠가는, 조만간, 꼭……. 결국에는 원래대로 "괜찮아질 거야."라고만 보냈다.

버스에 탔을 때 답이 왔다.

> 그 말 들으니까 이상하게 진짜 막 괜찮아질 거 같아.
> 너 혹시 초능력이라도 있는 거 아니야?
> 위로 초능력자 ㅋ

솜이는 아무것도 모르고 농담으로 하는 말일 텐데도 나는 괜히 속이 뜨끔해서 차창 밖을 내다보았다. 어느 편의점 앞에 늘어선 기다란 줄이 보였다. 도시락을 사 들고 편의점을 나오는 사람들도 줄을 잇는다. 뭐지, 도시락 맛집인가?

도시락 맛집을 지나자 병원 앞이었다.

병원 엘리베이터 벽에 붙은 안내문에 따르면 아직 면회 시간이 아니었다. 그러나 이른 방문객을 신경 쓰는 사람은 없었다.

꽥은 내가 병실에 들어온 줄도 모르고 팔을 쳐든 불편한 자세로 잠만 잤다. 침대 옆 의자에 앉은 꽥의 엄마도 꾸벅꾸벅 졸고 있었다. 저번에 전화 통화를 하며 울던 때와 옷이 똑같았다. 셔츠에 묻은 김칫국물이 시든 꽃잎처럼 흐릿했다.

나는 왼손으로 폰을 꼭 쥐었다. 화면에 띄워 놓은 메시아 사진에서 파란빛이 번쩍인다. 올무에 걸린 채로 며칠이 지났을 때, 메시아의 생명도 이렇게 마지막 초를 세기 시작했을 것이다. 우울과 무기력에서 빠져나오고 싶어 몸부림치는 메시아의 카운트다운이 마지막을 향해 간다.

조심스레 다가갔는데도 인기척을 냈는지, 꽥이 눈을 떴다.

"심도담……? 언제부터 있었어?"

"지금 막."

아주머니는 그새 코를 골며 깊은 잠에 빠져들었지만, 나는 목소리를 낮추어 대답했다.

"그, 그래? 왜? 왜 왔는데?"

"아니, 그냥, 뭐."

무슨 말을 어떻게 해야 할지 몰라서 어깨를 으쓱했다.

"이거 꿈인가? 심도담 너, 초록색으로 보여."

꽥이 왼손으로 눈을 비비며 말했다.

내가 초록색으로 보인다고? 아무에게도 말하지 못하고 치유자로 살아온 시간이 떠올랐다. 다른 사람들과 함께였으나 나만의 비밀을 간직한 채 혼자였던 시간. 그렇지, 누구든 치유받아야 할 부분이 있겠지. 나도 나 자신을 돌보고 들여다보는 시간이 필요할지도.

"꿈이었나 보네. 초록색 잔디 구장에서 공을 몰고 달리는 꿈을 꾸고 있었거든. 아, 골대가 바로 앞이었는데!"

꽥은 잠이 달아난 눈을 하고는 말을 이었다.

"나, 회복 못 할지도 모른대. 팔 말이야. 엄마가 뭘 숨기는 거 같아서 계속 물어봤거든."

꽥은 말끝을 흐리고는 번개와 천둥이 치는 하늘처럼 얼굴을 일그러뜨렸다.

"그래도 괜찮겠지? 적응하고 살겠지? 어쨌거나 달릴 수는 있을 테니까."

나는 한 손을 들어 꽥의 다친 팔에 살짝 얹었다. 붕대 속 깁

스와 그 아래 부서진 뼈가 느껴졌다. 내 안 깊은 곳에서 근원과 성분을 알 길 없는 힘이 솟아 나와 손끝으로 몰려들었다. 그 힘이 나에게 대답하라고, 말하기 싫은 진실을 말하라고 요구했다.

"응, 괜찮아질 거야."

"고마워……."

마침내 울먹이는 꽥을 보면서, 마음의 고통과 몸의 고통을 생각했다. 어느 쪽이 더 오래도록 흔적을 남기는지 말이다.

꽥의 초록빛과 사진 속 메시아의 파란빛이 흐려졌다. 꽥과 메시아를 떠난 빛이 공중으로 쏟아져 나와 뒤섞이더니 나를 휘감았다. 괜찮아, 괜찮아질 거야, 말 아닌 말이 내 가슴을 빗방울처럼 두드리며 틈과 결로 스며들었다.

"나 진짜, 앞으론 착하게 살게."

"그래, 그러든가."

꽥의 팔에서 손을 치우자 팔을 공중에 고정해 놓은 장치가 풀리면서 뻣뻣한 로봇 팔이 꽥을 덮쳤다. 꽥이 꽥 소리를 내며 허둥대는 틈에 나는 병실을 나왔다.

병원 정원으로 가자, 구름을 스쳐 날아가는 멧비둘기가 보였다. 메시아 계정에 새 피드가 올라왔다는 알림이 뜬다. 우리 안에서 홀로 지내던 메시아가 옆 우리의 다른 호랑이들에게 관심을 보인다는 내용이었다. 다음 피드는 메시아가 호랑이들과 함께 어울려 지낸다는 소식이면 좋겠다. 나는 몇 달 만에 처음으로 댓글을 달았다. 고마워, 한 줄짜리 짧은 댓글. 나머지 말은 마음속에 썼다.

버텨 줘서, 견뎌 줘서 고마워. 언젠가는 꼭 괜찮아질 거야, 조만간 말이야.

상상하는 일

"우리 형편에 400이면 큰돈이야. 열심히 해."

"네."

짧게 대답하자마자 차창이 엄마의 옆모습을 가리며 올라갔다. 엄마는 내가 입을 열기도 전부터 창문 버튼에 손을 얹고 있었을 것이다. 나는 엄마가 선팅 필름에 잠기고 빨간색 모닝이 방향을 틀어 골목 너머로 사라질 때까지 그 자리에 우두커니 서 있었다. 한동안 세상이 멎은 듯 아무 소리도 들리지 않다가 갑자기 무언가가 탁 트이면서 주변의 소음이 쏟아져 들어왔다. 멀끔한 자동차(벤츠 C클래스, BMW 5시리즈, 제네시스…… 그리고 레인지로버 한 대……)들이 주위에서 복작거리며 고등학생을 하나씩 뱉어 냈다.

나는 고개를 들어 자동차 세 대는 지나갈 만큼 넓은 대리석 정문을, 곧게 뻗어 가다가 가운데에 조경수를 끼고 두 갈래로 갈라지는 아스팔트 길을, 지은 지 얼마 되지 않아 반짝거리는 건물을 바라보았다. 강의동은 연한 갈색 벽과 투명한 유리창이 세로 줄무늬처럼 반복되는 구조라서, 눕혀 놓은 티라미수 케이크를 연상시켰다. 한 달에 400만 원이 들어가는, 아주 비싸고 달콤한 케이크. 케이크의 이름은 세강기숙학원 의대관이다.

**

수능 정시 원서 접수는 1월 초에 마감되고, 합격자 발표는 2월 초에 난다. 그 후에도 20일께까지는 예비 인원이라는 기회가 남아 있다. 결과에 만족하고 대학생의 세계로 들어가느냐, 1년을 기다려서 다시 도약대에 서느냐 하는 선택을 내리려면 그만큼은 기다려야 한다는 소리다. 자연스레 1월부터 2월까지의 기간은 재수 학원의 비수기다. 수능이 끝나자마자 재수를 결정하는 경우는 아주 적고, 실패를 예감하더라도 희망을 붙잡으려 하니까.

그래서 재수 학원은 그 시기에 고등학생을 끌어들인다. 윈터스쿨이라는 이름으로 한 달간의 공부 캠프를 여는 것이다. 세강기숙학원 의대관은 그중에서도 커리큘럼이 제일 **빡빡한** 곳이다. 공부에 방해될 수 있는 물건은 무엇이든 반입 금지고(소설책마저도!), 밤 열한 시까지 일과표가 **빼곡히** 채워져 있다. 주변에는 논밭뿐인 탓에 담장을 넘어도 의미가 없다. 점심시간에 학내 카페에서 스무디나 생크림 없은 카페라떼를 사 먹는 게 유일한 낙이다.

내가 2학년 겨울 방학에도 세강기숙학원 윈터스쿨에 있었다는 게, 그래서 이런 점들을 알고 있다는 게 좋은 일인지 나쁜 일인지 잘 모르겠다. 적응 기간이 짧다는 건 장점이겠지만 똑같은 일을 두 번씩이나 해야 한다는 건 단점일 것이다. 나는 중앙건물 안내처에서 카드 키를 받고 로비로 나왔다. 비슷비슷한 머리통들이 게시판 주위에 개미 떼처럼 달라붙어 있었다. 그 사이로 몸을 밀어 넣자마자 기시감이 피부에 와닿으면서 시간을 뭉텅이로 잃어버린 느낌이 들었다.

그러니까, 패턴이다. 똑같은 패턴으로 짜인 격자무늬를 하나씩 세어 가다 보면 어느 순간 숫자를 잊어버리고 집게손가락만을 움직이게 되듯이, 오로지 수능을 향해 가는 삶도 그렇다. 내가 어디에 있는지를 살갗으로 느끼면서도 내 진짜 위치를 잊어버리게 된다. 시간에 대한 이야기만은 아니다. 한 사람의 머릿속을 설명하고서 끝날 이야기도 아니다.

의대 정원은 한 해에 3,000명. 해마다 세강기숙학원을 거쳐 가는 학생의 수는 재수생과 고등학생을 합해 1,000여 명. 매년 이 기숙학원에서 배출하는 의대생의 수는 300여 명. 그 1,000여 명과 300여 명의 정확한 이름은 중요하지 않다. 누구는 30%에 들어가고 누구는 굴러떨어지는 일이 반복될 뿐이다. 그런 점을 보면 수험 생활이 틀에 박힌 기시감의 연속이라는 사실은 세상의 골조를 드러내는 것 같다. 세상은 패턴으로 이루어진 패턴이고, 언제나 자기 자신을 거듭하면서 사람들에게 각자의 역할을 나눠 준다. 그걸 받아드는 사람이 누구든 간에.

"윤가을 맞지? 작년에 B반이었던 애."

윤가을, A반, 304호 기숙사. 게시판 중간쯤에서 내 이름을 발견하는 순간 옆에서 그 말이 울렸다. 긴 생머리를 허리까지 기른 여자애가 나를 바라보고 있었다. 어떤 대답을 해야 할까, 싶어 멈춰 있으려니 질문이 이어졌다.

"나 기억 안 나? 작년에 같은 반이었는데. 서민하."

"아."

나는 곁눈질로 게시판을 힐끔 보았다. 지금은 반과 기숙사 배정을 안내하는 전지가 붙어 있지만, 내일부터는 빌보드라 불리는 학내 모의고사 등수 표가 붙을 것이다. 작년에, 고2 빌보드에서 우리 둘은 항상 붙어 다녔다. 서민하가 1등이면 윤가을이 2등. 윤가을이 1등이면 서민하는 2등. 하지만 그 사실을 받아들이는 방식은 완전히 달랐다. 나는 내가 300명 안에 들 거라는 사실이 안심스러웠지만 서민하는 나를 이기고 싶어 했다. 기억을 되살려 보자면 그렇다.

"안녕."

"그게 다야?"

무슨 말을 더 해야 할지 몰라서, 나는 서민하를 빤히 바라보았다. 왁자지껄한 분위기 속에 이상한 정적이 섞여 들더니 서민하의 얼굴에 언짢은 표정이 일었다.

"우리, 같은 기숙사인데."

고개를 돌려 보자 윤가을, 아래에 두 명의 이름이 더 있었다.

서민하, A반, 304호 기숙사.

정윤채, A반, 304호 기숙사.

***

기숙사에 들러 짐을 내려놓은 다음 정해진 교실에서 오리엔테이션을 들었다. 학원 생활과 학습 일정, 시설 이용에 관한 안내였다. 안내용 팸플릿과 태블릿 PC도 하나씩 나눠 받았다. 학사 관리 어플과 인터넷 강의 어플이 깔려 있고, 밴드 메신저로 강사들과 소통할 수 있다. 그 밖의 기능은 거의 막혀 있다. 소설 책조차 공부에 방해가 된다면서 금지 물품이 되는 곳이니, 당연 하다면 당연했다.

오리엔테이션을 마친 뒤에는 모의고사가 이어졌다. 과목 은 과학 탐구 영역을 제외한 셋. 국어, 영어, 수학. 나는 시험이 끝나자마자 책상 서랍에 넣어 둔 팸플릿을 꺼내 보면서, 모든 시간이 정확히 반복된다는 데에 새삼스러운 감탄을 느꼈다. 저 녁 여섯 시 십오 분. 십오 분 뒤에는 강사들이 OMR카드 확인을 마칠 것이다. 그러고는 A반부터 식당 건물로 이동하겠지. 선두 에 서는 것은 생활 관리를 맡은 아르바이트생일 테고.

"수학 30번 문제 어땠어? 평가원 스타일은 아니던데."

생각에 잠겨 있다 보니 머리 위에서 높다란 목소리가 울렸 다. 고개를 들어 서민하와 시선을 맞췄다. 옆에는 장난스러운 인상의 여자애 한 명을 끼고 있었다. 부모님끼리 친한 사이라면 같은 윈터스쿨에 오는 일도 흔하니까, 벌써 친구를 사귄 건 아 닐 것이다.

"그냥 풀었어."

"쉬웠단 소리야?"

"30번 중에서는 어려웠고. 그런데 풀긴 풀었으니까."

서민하는 아마도 2018년도 수능 21번이랑 비슷한 유형이었다거나, 킬링캠프 모의고사에 나왔던 문항을 변형한 것 같다 거나 하는 답을 기대하는 듯했다. 최상위권 중에는 흔한 유형이 었다. 비밀스러운 약의 제조법을 알아내려는 것처럼 문제 너머 의 사람들에게 관심을 두는 부류. 인터넷 강사들의 스타일을 분 간할 수 있다는 게 그 자체로 실력이라고 믿는 부류. 하지만 나 는 그런 놀이를 즐기는 편이 아니었고, 대화는 삐걱대기만 하다 가 여섯 시 반이 되면서 끝났다. 새로 알게 된 사실은 서민하 옆 에 서 있던 여자애 이름이 황은지라는 것뿐이었다.

생활 지도 아르바이트생을 선두에 둔 행렬의 일부가 되어 식당으로 이동하면서, 나는 A반을 생각했다. 수학 선택 영역으 로 기하를 고른 여자애들과, 미적분을 고른 여자애들과, 기하를 고른 남자애들과, 미적분을 고른 남자애들은 모두 각각의 반에 나뉘어 떨어져 있다. A반은 수학 선택 영역이 미적분인 여자애 들의 반이다. 그중에서 70%쯤은 서울 출신일 테고, 그 70%의 70%는 서초구나 송파구 근처에 살 것이다. 계산하면 49%.

그러니까 49%는, A반의 절반은 한 다리만 건너면 서로 이 름쯤은 들어 보았을 사이다. 나머지 51%는 서울의 나머지 부분 에서, 경기도에서, 부산에서, 대구에서, 세종에서, 광주에서 왔 다. 나는 후자다. 후자라는 사실에 나쁜 의미를 부여할 필요는 없다. 어쨌거나 다들 의대를 노릴 실력이 되고 학원비로 한 달에

400씩은 쓸 수 있는 아이들이니까. 그런 아이들 사이에서도, 내 이름은 언제나 빌보드 최상단에 올랐으니까.

그것으로 충분하다고 생각한다. 여기에서까지 남에게 관심을 기울이는 게 이상하다고 생각한다. 친한 아이들끼리 기숙학원에 오는 것은 여러모로 수지 타산이 안 맞는 일이라고 생각한다. 줄의 앞뒤에서 들려오는, 은근하지만 시끄러운 속삭임이 멎었으면 좋겠다고 생각한다. 저녁은 잡곡밥과 순두부찌개와 목살볶음이다. 나는 배고프지 않을 정도로만 먹은 다음 곧장 기숙사로 향했다. 카드 키를 도어 록에 가져다 대자 톱니 돌아가는 소리와 함께 304호실 문이 열렸고, 좁은 현관 양옆으로 화장실과 샤워실을 둔 방이 나타났다.

현관에는 발렌시아가 삭스 스니커즈 한 쌍이 브이 자를 그리듯 발뒤꿈치를 맞댄 채 놓여 있었다. 사람이 보이지 않는 걸 보면 화장실에 들어가 있는 모양이었다. 어차피 세면대는 화장실에도 샤워실에도 하나씩 있으니까, 손을 씻는 데에는 문제가 없을 거였다. 나는 그 옆에 신발을 가지런히 벗어 두고 샤워실 문고리에 손을 얹었다. 문을 안쪽으로 살짝 밀자 달콤한 소다 향기가 새어 나오더니 놀란 듯한 목소리가 이어졌다.

"엇!"

나는 벽에 등을 기댄 서민하를, 그 애가 쥐고 있는 플라스

틱 막대를, 막대 끄트머리에서 피어오르는 수증기를 잠깐 바라보다가 뒤로 물러났다. 서민하가 닫히려는 문을 붙잡고 나왔다. 소다 향기가 물씬 밀려왔다.

"이를 거야?"

"뭘?"

"전자 담배."

"아니."

복도를 지나다니는 발걸음이 철문 너머에서 미미하게 울렸다. 50kg에서 70kg 사이의 덩어리들이 신발 깔창을 사이에 두고 철근 콘크리트 바닥과 만나는 소리. 그 소리의 무게에는 이따금 전자 담배의 90g도 얹혀 있을 것이다.

고등학생이 담배를 피운다는 사실에 특별한 의미를 부여하는 건 어른뿐이다. 노는 애들도, 성적이 잘 나오는 애들도, 노는데 성적이 잘 나오는 애들도 저마다의 이유로 담배를 산다. 다들 커피를 입에 달고 사니까, 어떤 애들은 공부 잘하는 약이랍시고 콘서타를 처방받아 먹기도 하니까, 텔레그램에서 더 위험한 걸 찾아다니는 애도 있으니까 니코틴이 안 될 건 없다. 돈이 없는 애들은 편의점 아르바이트생 앞에서 어른 흉내를 내고, 카드로 20만 원씩을 턱턱 긁을 수 있는 애들은 전자 담배 판매 사이트에 부모님의 주민 등록 번호를 입력할 뿐이다.

"이를 거면 지금 일러. 중간에 들켰다가 퇴소당하긴 싫거든."

"여기 담배 피우는 애들이 한둘도 아닐 텐데."

"너도 가져왔어?"

"난 안 해. 그냥 남한테 참견하기 싫어서 그래."

서민하가 의심스럽다는 듯이 나를 빤히 바라보았다. 첫날부터 담배를 들킨 탓에 신경이 곤두섰는지, 아니면 모의고사를 치른 직후에 나눈 대화가 문제였는지 표정에 적대감이 엿보였다. 나는 아무래도 상관없다고 생각하면서 일정표를 복기했다. 주말에도 열 시까지 자율 학습을 하는 게 이곳의 원칙이었다. 한가로이 놀 수 있는 시간은 입소 당일 저녁이 유일했다. 마지막 여유를 이런 식으로 낭비하고 있으려니 조금 아까워졌다.

산책을 하든 카페에 가든 매점에 들르든 간에, 여기에 멀뚱히 서 있는 것보단 나으리라고 생각하면서 문간으로 시선을 옮겼다. 그러자 기다렸다는 듯이 도어 록이 돌아가면서 마지막 신발이 현관으로 들어왔다. 나이키×사카이 어글리 스니커즈. 회색 운동화 위에 얹힌 것은 머리카락이 양털처럼 곱슬곱슬한 여자애. 이름이 정윤채였던가.

"안녕하세요."

정윤채는 나와 서민하를 번갈아 보더니 소리 내어 인사했다. 눈치가 없다 싶을 만큼 밝은 목소리였다. 잔뜩 부풀었던 긴

장이 한순간에 균형을 잃고는, 훅 흐려졌다.

***

경쾌한 노랫소리와 함께 의식이 서서히 돌아왔다. 일곱 시를 알리는 기상 벨이 기숙학원의 하루를 열고 있었다. 나는 가만히 누운 채로 머릿속에서 일과를 미리 재생해 보았다. 식당은 여덟 시 반까지 열려 있고 1교시는 아홉 시에 시작된다. 보통은 식당으로 일찍 달려간 다음 남은 시간을 자습에 쓰거나, 한 시간 반쯤을 더 잔 뒤에 매점의 과자로 끼니를 대신한다. 서로 친해진 남자애들은 강의동 뒤편에 마련된 운동장에서 공을 차기도 하는데, 그건 1주 차가 끝나 갈 무렵에나 볼 법한 풍경이다.

입소 다음 날에 눈여겨봐야 하는 건 첫 번째 빌보드다. 중앙건물 로비 게시판에, 학생들의 이름을 모의고사 성적순으로 나열해 두는 것이다(국영수만 반영하고 탐구는 제외다). 그러니까 오늘 아침에는 둘 중에서 선택할 수 있다. 빌보드를 먼저 보고 밥을 먹거나, 그 반대로 하거나. 잠기운 때문인지 둘 다 내키지 않았다.

누워서 늑장을 부리는 동안 서민하가 빠르게 옷을 갈아입고 나갔다. 문이 열렸다 닫히면서 공기의 흐름이 살짝 변했고,

소다 냄새가 때 이른 봄기운처럼 콧등을 간질였다. 그제야 나는 부스스 몸을 일으켰다.

"식당 가실 거예요?"

소다 향기가 남은 샤워실에서 세수를 마치고 나오자 기다렸다는 듯 질문이 날아들었다. 정윤채가 1.5층 침대(3인용 수납장 위에 침대 매트리스가 붙어 있는 물건이다) 가장자리에 걸터앉아 나를 바라보고 있었다.

"어제 모의고사 결과부터 보려고."

"같이 가실래요? 저도 지금 나가려는데."

"그래."

정윤채가 존댓말을 쓰는 건 우리보다 두 살이 어린 열일곱 살이기 때문이다. 중학교를 자퇴하고 곧바로 수능을 준비하는 것이다. 의대나 상위권 대학을 노린다면 해 볼 만한 전략이다. 어차피 학교 수업은 듣지도 않으니까, 수능 준비는 학원과 인터넷 강의로 충분하다고 생각하니까, 수시를 포기하고 시간을 확 앞당기려는 것이다. 만약 일이 틀어져서 3수를 하더라도 연차로는 현역 합격과 똑같으니까, 자기 관리만 잘된다면 밑지는 장사는 아니었다.

"학교를 1년 만에 다시 다니는 기분이라 신기해요. 학원이랑 학교는 분위기가 다르잖아요. 그런데 여기는 뭐라고 해야 할까, 공부 잘하는 애들만 모아 놓은 학교 같아요. 고등학생들만 있어서 그런 느낌이 드는 건가. 고등학생은 중학생이랑은 아주 다르니까. 더 어른스럽고."

"더 어른스러울 것도 없어. 수능을 중3 때 치면 중학생들도 다 이렇게 될걸."

"그래도요. 제 또래는 너무 애들 같아서. 초등학교를 졸업했다고 바로 어른이 된 줄 알아요. 말도 안 되는 생각만 하고 지내는 건 똑같은데. 걔들은 초능력자가 있다고 믿는다니까요."

"어른 중에도 그런 거 믿는 사람 많아. 나이 문제는 아니야."

"어쨌든 언니는 엄청 어른스러운 것 같은데요! 쿨하고, 남 이야기 함부로 안 할 것 같고……."

나는 침묵으로 답을 대신하면서, 오래되었거나 새롭게 나타난 생각을 빌보드처럼 줄세워 보았다. 의대 서열은 서연고서성한, 이 아니라 서연가울성, 으로 시작된다. 기숙학원 학원비는 한 달에 400만 원인데 이 학원 학생의 절반은 강남 3구에서 왔다. 입소하는 날 정문 앞을 가득 메웠던 벤츠 C클래스, BMW 5시리즈, 제네시스, 그 사이에서 유독 눈부시게 빛나던 레인지로버 한 대…… 엄마의 빨간색 모닝. 304호 현관에서 브이 자를 그리듯 놓여 있던 발렌시아가 삭스 스니커즈. 발렌시아가와 사카이와 크롬하츠와 구찌. 그러나 내게는 파타고니아도 폴햄도 없다.

내가 다른 사람들 이야기를 하지 않는 이유는 둔감하거나 무심하기 때문이 아니다. 예민함을 들키고 싶지 않기 때문에 관심을 미리 끊을 뿐이다. 그 예민함은 차이를 느낄 수 있다면 누구든 조금씩 지니는 것이지만, 입 밖에 내는 순간 그 자체로 더 큰 차이를 만든다. 말하지 않는다. 정신직인 것이 물질적인 것보다 더 고결하다는 자기 위안에도 기대지 않는다. 나는 다만 패턴을 믿는다. 한국이 몇십 년 동안 이런 식으로 굴러왔다는 사실을 되새기고 수능 커트라인과 메이저 의대의 간판과 소득 통계를 내게 주어질 삶의 견본처럼 바라본다. 빌보드의 꼭대기에 내가 있다는 사실은, 그 미래를 잠깐이나마 지금으로 끌어온다. 그리고…….

"윤가을, 정윤채, 서민하. A반. 정윤채도 여자 이름이지? 3등까지 모두 여자애야?"

"A반이면 쟤네들 다 미적분 선택이잖아. 원점수로 등수 매기는데, 기하 난이도가 이상하게 잡혀서 그래. 기하반에서 그거 때문에 어제 말 많이 나왔어."

떠드는 남자애들.

"걔 열일곱이라면서?"

"중학교 자퇴했대."

익숙하고 높다란 목소리.

"야, 미적도 어려웠거든. 난 30번 풀다가 토했어."

"기하반에 김태진 있지, 중학교 때 수학올림피아드 나갔거든. 의대 가려고 과학고 안 썼을 뿐이지, 걘 진짜 천재야. 근데 걔도 어렵다고 했다니까."

다시 남자애들.

"개학하면 학원에 소문 다 내야겠다. 서민하가 자퇴생한테 졌대요……."

"너 몇 등이야. 너도 졌잖아. 내가 먼저 소문 낸다."

다시 서민하와 친구들.

"여기 올림피아드 준비 안 해 본 애 있어?"

"최우수랑 준비는 다르지."

다시 남자애들.

나는 오른쪽 대각선 방향으로 고개를 돌렸고, 무언가를 느꼈는지 서민하도 거의 동시에 고개를 돌려 나를 마주 보았다. 시선이 맞닿자마자 서민하는 다른 학생들을 헤치며 걸어왔다. 친구일 법한 여자애 셋이 뒤에 딸려 있는데 그중 하나는 황은지였다. 아주 잠깐, 우리와 다른 학생들 사이에 공기로 된 막이 생기면서 불안 섞인 고요가 느껴졌다. 그러더니 서민하가 서너 발짝 앞에서 방향을 살짝 틀어 정윤채의 손목을 가볍게 붙잡았다.

"아침 먹었어?"

애들은 무엇이든 신기하고 뛰어난 것이라면 자기 무리에 넣고 본다. 서로를 자세히 알아 가는 과정에서 잡음이 생기면 누가 떨어져 나오기도 하지만, 첫날부터 따질 일은 아니다. 정신을 차리고 보니 정윤채와 나는 휘말리듯이 서민하 무리에 감싸여 식당에 와 있었다. 그래도 애들이 1등을 한 고3보다 2등을 한 열일곱한테 관심이 더 많아서 다행이었다.

"송도 산다고? 내 사촌 동생도 거기 사는데. 중학교는 어디 다녔어?"

"민평요."

"와, 민평중. 민평중이면…… 너 황윤서라고 알아? 남자앤데, 머리 짧게 자르고 좀 날카로워 보이는 애. 걔도 공부 잘하거든."

황은지는 뜻밖의 접점을 발견해서 그런지 잔뜩 신나 있었다. 정윤채는 기억을 되짚듯 고개를 갸웃거리다가 멋쩍게 웃었다.

"안 보고 지낸 지 1년이나 돼서, 중학교 때 아이들은 기억이 잘 안 나요. 친한 애들이 별로 없었거든요."

"걔는 너 기억할 거 같은데. 딱 봐도 인기 많을 스타일이고."

"맞아."

"얘랑 기숙사에서 처음 만났을 때 화장하고 온 줄 알았다니까."

양옆에서 맞장구가 튀어나오더니 서민하까지 말을 얹었다. 스피드 퀴즈를 맞히듯이 비슷하게 생긴 아이돌의 이름이 툭툭 던져졌다. 그런데 정윤채가 그렇게 예쁜가. 나는 숟가락질을 멈추고 맞은편의 얼굴을 빤히 바라보았다. 눈이 쌍꺼풀 없이 크고, 코는 곧고, 턱까지 갸름하니까 예쁘다고 말할 수 있을 것이다. 그런데 이상하게도 각각의 부품이 아무렇게나 나열된 채 하나로 모이지 않는 느낌이 들었다.

"저, 얼굴에 뭐 묻었어요?"

정윤채의 질문에 나는 화들짝 놀라 시선을 돌렸다. 너무 오래 쳐다보고 있었나 보다. 다행히 변명을 고민하기도 전에 황은지가 천연덕스레 끼어들었다.

"윤채가 예뻐서 그런가 봐."

그러고는 목소리 크기가 갑자기 잦아들었다. 주위를 두리번거리는 게, 듣는 귀가 있을까 조심하는 투였다.

"맞다, 태블릿 가져왔는데 사진 찍을래?"

"교재 유출 때문에 카메라는 못 쓰잖아."

다른 여자애 중 하나가 지적했다.

"보안 프로그램 뚫었어. 작년처럼 했더니 바로 되더라."

"진짜? 작년부터 알았으면 왜 안 알려 줬어?"

"퇴소 전날에 뚫었거든. 인스타도 되는데, 하는 법 알려 줄까?"

황은지는 거기까지 말하고서는 내게로 고개를 돌렸다. B급 코미디 영화의 한 장면 같았다. 범죄 모의를 벌이다가 있으면 안 될 사람을 발견하고 화들짝 놀란 좀도둑. 이번에는 서민하가 변호인 역할을 해 줬다.

"쟤는 그런 거 안 일러."

***

서민하 무리는 식사를 마치자마자 우르르 몰려 나가 으슥한 곳에 자리를 잡았고, 어쩌다 보니 나도 덤으로 끼어들었다. 그런데 이상하게도 사진이 잘 찍히지 않았다. 빛이 이상한 방향에서 비쳐 든다거나 손이 떨린다거나 하는 문제는 아니었다. 그래픽 카드가 망가진 모니터처럼, 사진 파일 자체가 깨졌던 것이다. 선명하고 이질적인, 핑크색 가로 줄무늬가 사진 전체를 뒤덮고 있었다. 네 번을 더 찍어도 마찬가지였다.

"보안 프로그램 뚫을 때 버그 생긴 거 아니야?"

"이상하네. 어제까진 잘됐거든."

황은지는 사진을 차례대로 넘겨 보더니 덧붙여 말했다.

"근데 줄무늬 말이야, 제일 두꺼운 게 윤채 얼굴만 따라다니는 것 같지 않아?"

"위치 때문인 것 같은데."

"봐 봐, 이 사진은 태블릿을 좀 높게 들어서 찍었잖아. 그런 데 다섯 장 다 이래."

"우연이겠지."

하지만 우연이라도, 깨진 사진 파일은 그 자체로 불길한 느낌을 줬다. 이상한 사진은 괴담의 단골 소재이기도 하니까. 여섯 번째 사진까지도 똑같이 나오자 황은지는 사진을 모두 지웠고 우리는 강의동 뒤편에서 벗어나 운동장 근처로 나올 때까지 서로 아무 말도 나누지 않았다. 그 일이 계기였는지 서민하 무리는 정윤채와 서서히 멀어졌고 304호에는 이상한 구분선이 생겼다.

서민하가 자기 무리와 함께 다니는 동안 나는 정윤채와 함께 다녔다. 정확히 말하면, 정윤채가 나한테 관심을 보이면서 따라다녔다. 말이 많긴 해도 수업 시간이나 자습 시간에 귀찮게 굴진 않았으므로 나도 내버려 두었다. 팟캐스트를 틀어 놨다고 생각하면 식사 시간 수다쯤은 그럭저럭 들어 줄 만했다.

첫째 주 토요일. 우리는 아침을 먹고 나와서 운동장 가장자리를 맴돌듯 걷고 있었다.

"언니는 의사 되면 뭐 할 거예요?"

"피부과나 성형외과. 돈 잘 벌리는 곳."

"아뇨, 그게 아니라…… 하고 싶은 게 따로 있을 거잖아요. 돈 말고요."

나는 익숙한 만큼 지겨운 질문 앞에서 잠시 굳어 있었다. 돈은 수단일 뿐 목적이 될 수 없다는 말을 들을 때마다 그게 진심으로 하는 소리인지 궁금했다. 안락한 집도 맛있는 초밥도 여행의 추억도 불안해하지 않을 수 있는 여유도 돈으로 사들일 수 있는 세상이라면, 그 모든 것이 돈의 서로 다른 표현형이라면, 사실 이 세상은 오로지 돈으로만 이루어져 있는 것이다. 야생의 동물들이 공기를 호흡하고 개울물로 목을 축인다면 인간은 돈을 호흡하고 돈을 들이켜는 것이다.

나는 나지막한 목소리로 말했다.

"하고 싶은 게 생기겠지. 카드로 긁을 수 있는 만큼은."

"전 돈으로는 안 되는 것도 있다고 생각하거든요. 부자들은, 재벌 회장 같은 사람들은 돈이야 어떻든 간에 미움을 받는데 연예인들은 인기만으로도 돈이 따라오니까요. 또 작가나 기자들은 글만으로 사람의 마음을 움직이니까……."

"인간관계가 제일 중요하다는 얘기야?"

"그렇다기보다는, 주목을 받는 게 돈보다 중요할 수도 있다고 봐요. 나쁜 소문이 따라다니는 애는 뭘 해도 못하는 것처럼 보이고, 이미지가 좋은 아이는 뭐든 잘할 것 같으니까, 그게 남들의 반응에도 영향을 미치니까……. 어떻게 보면, 이야기가 세상을 만든다고 할 수도 있는 거죠. 말하는 대로 이루어진다, 라는 문장처럼요."

"그게 꼭 좋은 건 아닐 텐데. 악성 루머나 이미지 때문에 죽는 연예인도 많잖아. 부담도 클 테고."

"그건 저도 알아요. 그러니까 이야기를 어떤 식으로 만들어 내느냐가 관건 아닐까요. 그걸 유리한 쪽으로 끌어오기만 하면 된다고 봐요. 오히려 그거로 노이즈 마케팅을 하는 사람도 있는 걸요."

"결국 돈이네."

"음, 그래도 돈이 있어서 유명해지는 거랑 유명세에 돈이 따라붙는 건 다르니까요. 돈만 따질 일도 아니고요."

연예계에 국한해서 말하면 정윤채의 말이 옳을지도 모른다. 거기서는 중소 기획사의 아이돌 그룹이 대형 기획사의 경쟁자들을 모두 누르고 성공 신화를 쓰는 일이 종종 있으니까. 길거리에서 기타를 치던 노숙자가 유튜브 영상 덕분에 한순간에 백만장자가 되기도 하니까. 하지만 나는 그런 세계가 내 주위에 있을 거라고 느낀 적이 없었고, 내가 거기로 들어갈 수 있으리라고 생각한 적은 더더욱 없었다.

"의사가 연예인들이랑 같이 일하진 않지. 연예인이 될 일도 없고."

"의사라고 해서 사람을 안 만나고 지내진 않잖아요. 평판이야 어디서든 중요하고."

"글쎄."

나는 짧게 대답하고는 운동장을 바라보았다. 인조 잔디로 덮인 운동장은 아침의 희부연 빛 속에서 이슬 같은 반짝임을 발했고, 낡은 공 하나가 미술실의 정물 조각처럼 정확한 그림자를 드리우고 있었다.

열 명쯤 되는 남자애들이 식당 건물 쪽에서 우르르 몰려왔다. 그 장면을 보자 몇 가지 생각이 대화의 여운처럼 이어졌다. 저 열 명 중에는 축구를 잘하는 애도 못하는 애도 있겠지만, 어쨌거나 프로 축구단에 입단할 수준은 아닐 거라는 생각. 그러니까 축구 실력은 인생의 사소한 한 귀퉁이일 뿐이라는 생각. 나도 마찬가지라는 생각. 이미지 마케팅이나 소문 따위야 어떻든 간에, 연예계에 투신할 게 아니라면 거기에 크게 연연할 필요가 없다는 생각…….

"야, 안에 뭐 들었다."

"공기?"

"아니, 덩어리. 덩어리인데."

왁자지껄한 목소리들이 생각의 흐름을 끊었다. 나는 걸음을 멈추고 운동장 중앙을 바라보았다. 남자애들이 공을 둘러싼 채 떠들고 있었다. 그중 한 명이 공을 허공으로 가볍게 띄워 올리더니 발로 걷어찼다. 공은 포물선을 그리며 크게 날아가는 대신 부자연스러운 각도로 휙 떨어졌다.

"진짜 안에 뭐가 들어가 있긴 하네. 만져 봐."

"뭘 어떻게 넣은 거야? 뜯어서 넣은 다음 다시 꿰맸나? 어제저녁까진 멀쩡했잖아."

"내가 어떻게 알아. 교무실에 다른 공 받으러 가자."

"이 시간에 주겠냐. 애당초 학원에서 가져다 놓은 공일 리도 없고."

"잠깐만. 이거 뜯어질 것 같은데."

"뜯어서 뭐 하게?"

"뭐 넣었는지 궁금하잖아. 누가 그랬는진 몰라도."

나는 덩치 큰 남자애가 공의 양쪽을 붙잡고 힘을 주는 모습을 차력 쇼 구경하듯이 지켜보았다. 15미터는 떨어져 있는데도 끙, 소리가 들리는 듯했다. 이윽고 공이 지퍼 달린 가죽 주머니처럼 뜯어져 열리면서 내용물을 드러냈다. 남자애는 어두운 구멍을 빤히 들여다보았고, 믿을 수 없다는 듯이 다른 애들을 보았고, 다시 공으로 시선을 옮겼다. 잠시 불쾌한 정적이 흐르더니 남자애가 공을 집어 던졌다. 끔찍한 것을 본 것처럼. 만져서는 안 될 것을 만진 것처럼.

"씨발."

"와, 미친."

그러고는 정적이 깨지면서 비명에 가까운 욕설이 튀어나왔다. 뜯어진 공 사이로, 피 묻은 비둘기 사체가 몸을 내밀고 있었다. 어제까지 멀쩡했다는 공에 왜 죽은 비둘기가 들어가 있는 걸까. 공을 뜯어서 비둘기를 넣은 뒤에 다시 꿰맸다면, 누가 그런 짓을 저지른 걸까. 왜 하필 여기에서 그랬을까.

현실감 없는 광경 앞에서, 나는 영화 관람객이라도 된 것처럼 감상평에 가까운 생각을 떠올리고 있었다. 얼어붙은 정윤채의 얼굴에 공포만은 아닌 감정이 깃들어 있다고 느낀 건, 시간이 조금 더 흘러 이 상황이 살갗으로 다가올 무렵이었다.

***

남자애들은 한동안 어쩔 줄 몰라 하며 웅성거렸고, 시간이 지날수록 구경꾼이 늘었다. 그러다가 생활 지도 아르바이트생이 운동장에 내려오고서야 사태가 일단락됐다. 아르바이트생은 학생들을 자습실로 보낸 다음(토요일은 모든 시간이 자습이었다.)

교사를 불렀다. 물론 거기에서 끝날 일은 아니었다. 점심시간이 되기도 전에 죽은 비둘기 이야기가 학원을 뒤덮었다. 그게 하필이면 밀폐된 공 안에 들어 있었다는 사실이 관심을 키웠다.

누군지 모를 범인을 무서워하는 애들이 있는가 하면 물리 법칙으로 이 사건을 설명하려는 애들도 있었다. 그 애들이 일부러 목소리를 키워 떠드는 데서는 앞선 부류를 향한 경멸이 느껴졌다. 겁먹은 애들을 바보 취급 하려는 것이다. 감정적인 것을 문과의 전유물로 보고 모든 현상의 이면에서 과학을 발견하려는 것은 물리 선택자들의 고질병이라고, 또한 그런 태도야말로 감정적인 것이라고 나는 생각했다.

"언니는 그거, 누가 한 일이라고 생각해요?"

"글쎄. 강사들이 CCTV 열어 본다고 했으니까 잘 해결되겠지. 동물 학대죄나 주거 침입죄 같은 거로 걸리지 않을까."

"언니는 안 무서워요? 공포 영화 같잖아요. 하필 배경도 기숙학원이고요."

정윤채는 말끝을 흐리더니 주위를 휘휘 둘러보았다. 식당에 모인 아이들은 모두 그 일로 떠들썩했지만 나는 정윤채의 표정에 대해서는 희미한 의구심만을 품은 상태였고, 축구공의 진실에 대해서도 따질 마음이 없었다. 그냥 오늘의 점심 식단만 생각하고 싶었다. 데리야키 닭구이, 어묵국, 두부 스틱 튀김.

"사람이 죽은 것도 아닌데."

"공포 영화도 시작부터 죽진 않는걸요. 이상한 일이 계속 일어나다가, 갑자기 시체가 발견되는 거죠."

"영화니까 그렇게 되는 거지. 비둘기만 죽고 끝나면 안 무섭잖아. 그런데 현실은 보통 시시하니까."

"그래도 상상해 보면 재미있잖아요. 물론 비둘기는 불쌍하지만……."

정윤채는 이야기에는 관심을 끄는 힘이 있다고, 그건 사람을 끌어당기고 붙잡아 놓고 가끔은 공상을 현실로 만든다고 말했다. 뜬소문 때문에 학살이 벌어지기도 하지만 어릴 때 본 영화에 푹 빠져들어서 과학자가 된 사람도 수없이 많다고. 아침에 나눈 대화가 뇌리를 스쳤지만 할 말은 여전히 없었다.

"그것도 이야기 나름이지. 공포 영화를 보고 의사가 되려는 사람은 없을 테니까."

"그런 걸까요."

"별일 아닐 거야. 요즘 세상에 미친 사람이 얼마나 많은데."

"언니 말하는 게 꼭 우리 엄마 같아요. 엄마도 제가 이런 이야기 하면, 쓸데없는 소리 하지 말라고 그랬거든요. 별로 관심도 없어하고. 요새는 좀 들어 주시긴 하는데."

이제 나를 향한 평가가 어른스럽다, 를 넘어서 엄마 같다,

가 됐다. 하기야 가정을 꾸릴 만큼 어엿한 어른이 된다는 것은 이야기가 주는 매혹에서 벗어나 타산과 계산에 익숙해지고 그게 가져다주는 안정감에 안주하는 일이라고 생각한다. 정윤채의 말은 비난도 칭찬도 될 수 있었지만 나는 그걸 칭찬으로 받아들이기로 했다…….

"윤가을."

적당히 좋은 분위기 속에서 점심 식사를 마치고 식판을 퇴식구에 넣으려는데 누가 내 이름을 불렀다. 고개를 돌리자 서민하가 다섯 발짝 옆에 서 있었다. 표정을 보니 인사를 하려고 불러 세운 게 아니라 진지한 문제가 있는 듯해서, 우리는 서둘러 퇴식구 줄에서 빠져나왔다.

뒤따라오던 정윤채가 먼저, 반가운 듯 입을 열었다.

"안녕하세요, 언니. 점심 같이 먹었으면 좋았을 텐데요. 요새 아침마다 제일 먼저 나가시고, 밤에도 별로 얘기 못 했잖아요. 은지 언니도 거의 못 봤고."

"으응."

서민하는 떨떠름한 표정으로 인사를 받더니 내게로 눈길을 옮겼다.

"얘기 좀 하자."

"무슨 일인데?"

"작년이랑 시설이 바뀐 게 있는 듯해서, 같이 가서 보자고."

"중요한 거야?"

"아마."

여기에서는 말하고 싶지 않다는 듯 대답이 짧았다. 서민하는 정윤채를 먼저 보낸 뒤에 나를 데리고 자습실로 향했다. 자습실에서 태블릿을 꺼내 온 서민하는 자습동 층계참으로 자리를 옮긴 다음에야 본론을 꺼냈다. 평소에도 열려 있긴 하지만, 외진 곳이라 오가는 사람이 적은 계단이었다.

"너, 운동장에서 비둘기 죽은 거 알지?"

"시설 때문에 부른 거 아니었어?"

"너만 데려오려고 핑계 댄 거야. 이거부터 봐."

서민하는 태블릿 사진첩을 열었다. 다운로드 폴더에 인스타그램 메신저 캡처가 몇 개 쌓여 있었다. 대화 상대는 황윤서. 황은지가 캡처해서 보내 준 모양이었다.

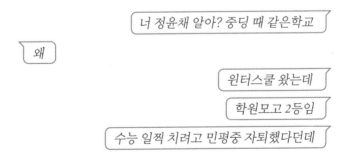

너 정윤채 알아? 중딩 때 같은학교

왜

윈터스쿨 왔는데

학원모고 2등임

수능 일찍 치려고 민평중 자퇴했다던데

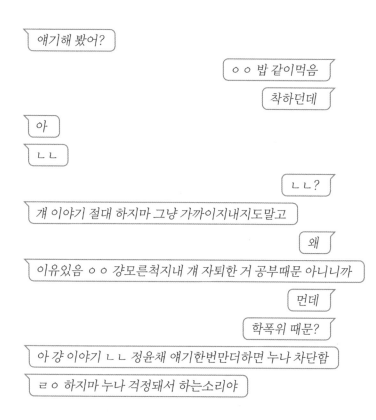

얘기해 봤어?

ㅇㅇ 밥 같이먹음

착하던데

아

ㄴㄴ

ㄴㄴ?

걔 이야기 절대 하지마 그냥 가까이지내지도말고

왜

이유있음 ㅇㅇ 걍모른척지내 걔 자퇴한 거 공부때문 아니니까

먼데

학폭위 때문?

아 걍 이야기 ㄴㄴ 정윤채 얘기한번만더하면 누나 차단함

ㄹㅇ 하지마 누나 걱정돼서 하는소리야

그러고는 인터넷 뉴스 캡처가 이어졌다. 작성 일자는 2년
전. 정윤채가 열다섯 살일 때, 그러니까 중학교 2학년일 때 올라
온 기사였다. 민평중에서 비둘기가 한 달 사이에 열아홉 마리나
죽은 채 발견됐는데, 그 밖에도 이상한 일이 많이 일어나서 학생
들이 불안해한다고 했다. 서민하 무리가 우리와 거리를 둔 이유
는 이 캡처들 때문일까.

나는 기사를 몇 번이고 반복해 읽다가 고개를 들어 서민하를 보았다. 어두침침한 층계참에서 태블릿만이 빛을 비추는 탓에, 뚜렷한 음영이 드리운 서민하의 얼굴은 정말로 공포 영화의 한 장면 같았다.

"그래서, 정윤채가 범인이라는 거야?"

"솔직히 이상하잖아."

"정윤채, 어제는 나랑 같이 열한 시까지 자습실에 있었고 오늘 아침에도 일어나자마자 같이 밥 먹으러 갔어. 남자애들이 공 뜯을 때는 멀리서 산책하던 중이었고. 시간이 안 맞는단 말이야. 걔가 범인이면, 한밤중에 창문으로 기어 내려가서 비둘기 죽인 다음 공에 넣었다는 소린데…… 그게 더 이상하지 않아? 밤 열두 시 이후에는 기숙사 밖으로 못 나가는 거 알잖아."

"아니지. 그렇게 따지면 공에 비둘기가 들어가 있는 것부터 이상하지. 황은지가 찍은 사진들, 죄다 노이즈 끼어 있었던 거 기억해? 그거 정윤채 찍을 때만 그랬어."

"잠깐 버그가 났나 보지. 껐다가 켜서 멀쩡해진 거고."

서민하가 정윤채보다 더 열심히 공포 영화 각본을 쓰고 있는 걸 보니 묘한 느낌이 들었다. 하지만 죽은 비둘기나 황윤서의 반응이야 어떻든 간에, 이런 주장은 지나쳐 보였다. 손도 대지 않고서 그런 사건을 일으키는 사람은 스크린 안에나 있을 법

했고, 여긴 세강기숙학원 윈터스쿨이었다. 유령이든 초능력자든 마녀든 그런 존재가 의대를 노릴 이유가 뭐가 있단 말인가. 유튜브를 하면 떼돈을 벌 테고 방송에도 나올 수 있을 텐데. 사진에 노이즈가 낀 건 일시적인 오류고, 공 속의 비둘기는 미친 사람의 소행이라 생각하는 편이 합리적이었다.

"앞으로 3주 동안 재랑 같은 방 써야 하는데, 걱정되지도 않아?"

"그 걱정 자체가 이상하다는 거야."

"이게 이상해? 추측은 해 볼 수 있는 거 아니야?"

"그러면 교무실에 가서 그대로 말할 수 있어? 정윤채가 공포 영화 등장인물이라서 태블릿에 버그도 일으키고 비둘기도 죽인다고? 네가 생각해도 말이 안 되지? 강사들이 들어 줄 것 같아? 민평중 사건도, 정윤채가 그랬다고 밝혀진 것도 아니잖아?"

서민하는 할 말이 없는 듯 입을 꾹 다물고는 나를 똑바로 노려보았다. 나도 조용히 시선을 맞받아쳤다. 그렇게 목소리들이 그림자 속으로 부서져 내리면서 층계참이 정적에 잠겼다. 태블릿 불빛마저 부옇게 흔들리다가 사라질 무렵, 꺼져 있던 전등에 갑작스레 전기가 들어왔다. 이상하리만치 밝은 빛에 얼음 세례를 받은 것처럼 선득한 느낌이 들었다. 계단 저 아래에서 기어 올라오는 정윤채의 목소리…….

"엇, 자습실에 먼저 가 계신 줄 알았는데. 점심시간 끝났어요. 저희 셋이 같이 지각하겠네요."

그리고 웃음.

***

그날을 기점으로 사소하다면 사소하지만 의미를 부여하려면 한없이 의미심장해지는 사건들이 이어졌다. 매점 전등이 픽 나간다거나, 누가 화장실에서 손을 씻는데 갑자기 뜨거운 물이 쏟아져서 화상을 입는다거나 하는 일들이었다. 강의 도중에 닫힌 창문으로 참새가 돌진해 죽기도 했다. 설상가상으로 토요일 새벽에는 협력 업체가 학원 내 전산망을 점검하느라 CCTV가 전체적으로 꺼져 있었다고 했다.

공백이 있다는 건 거기에 무엇이든 채워 넣을 수 있다는 의미였고, 아이들은 유치원생으로 돌아간 것처럼 점선 잇기 놀이를 해 댔다. 죽은 참새와 비둘기를 하나로 엮고 매점 정전과 CCTV 소실을 연관 지으면서. 이 모든 일이 우연이라고 주장하는 애들도 있었지만 날이 갈수록 그 수가 줄어들었다.

서민하 무리가 소문을 냈는지 정윤채와 함께 복도를 걸을 때면 사방에서 시선이 쏠렸다. 그럴수록 나는 정윤채와 붙어 다

넀고, 그 애들이 불안해하고 싶어서 불안해한다고 믿었다. 강렬한 감정은, 부정적인 것조차도 사람을 사로잡는 힘이 있기 때문에 계속 그쪽으로 이끌려 가는 것이다. 진실이야 어떻든 간에.

"조용, 조용!"

둘째 주 토요일에는 2차 모의고사를 치렀다. 수학 시간이 끝나고 OMR을 모두 걷자마자 교실 분위기가 소란스러워졌다. 시험 난이도 때문은 아니었다. 그저께는 장애인 화장실 변기가 휴지로 가득 찼고 어제는 엘리베이터가 10분간 멈췄는데, 오늘은 어떤 일이 일어나겠느냐는 거였다. 겁먹은 목소리에는 신난 기색도 조금 섞여 있었다. 나는 대화에 참여하진 않았지만 정답을 알 것 같은 기분이 들었다. 오늘은 학원 선생들이 협력 업체를 불러서 시설 점검을 하지 않을까. 내일일 수도 있겠지만.

"37번 황은지, 있나? 황은지?"

"네?"

"2층 교무실에서 부른다. OMR 확인 끝났으니까 나머지는 식당 가서 밥 먹어라."

오늘의 사건을 알게 된 건 그 뒤로 40분이 지나서였다. 식사를 마치고 정윤채와 함께 식당 정문으로 나오는데, 바로 맞은편에서 서민하가 히끅거리는 황은지를 끌어당기듯 데려오고 있었다. 눈이 부어 있는 게 줄곧 울었던 듯했다. 우리를 발견하자마자 둘의 걸음걸이가 빨라졌다. 정윤채를 노려보는 서민하의 눈에서 불꽃이 튀었다.

"야, 너 뭐야?"

"네?"

"너 뭐냐고."

정윤채는 당혹스러운 듯 황은지와 서민하를 번갈아 바라보다 의기소침한 태도로 고개를 살짝 숙였다. 잘은 모르겠지만 큰 문제가 생긴 듯하니 일단은 수그리고 들어가겠다는 투였다. 낮고 자신감 없는 목소리가 이어졌다.

"저…… 무슨 일이세요?"

그러고는 시간이 빨리 감기라도 한 것처럼 1.5배속으로 돌아갔다. 개연성 없는 일이 잇달아 일어난 탓에, 눈앞에 보이는 것들을 이해하기가 벅찼다. 서민하는 대뜸 정윤채의 뺨을 후려 갈겼고, 정윤채는 잠시 멍하니 서 있다가 눈물을 뚝뚝 흘렸고, 근처에 있던 생활 지도 아르바이트생이 선생을 불렀다. 그리고 지금은…… 다 함께 2층 교무실에 서 있었다.

"작년에도 봤으니까 말 편하게 할게. 서민하 너, 이게 무슨 짓이야? 뜬소문 퍼뜨려서 애들 공부 집중 안 되게 방해하고, 멀쩡히 공부하는 애까지 괴롭히고. 작년엔 제대로 했으면서 왜 그래? 선생들 사이에서 퇴소 이야기 나오는 거 몰라?"

"어제 인스타 DM 보여 드렸잖아요. 선생님 생각엔 이게 괜찮아 보여요? 공에는 죽은 비둘기가 들어 있고, 참새는 죽고, 엘리베이터는 멈추고, 화장실 변기는 휴지로 가득 차고, 매점은 정전이 되고, 또 은지도……."

"은지 OMR 칸이 전부 마킹돼 있었다고? 1번부터 30번까지 꽉 채워서?"

"이상하지 않으세요?"

"솔직히 말해도 돼?"

강사가 피곤하다는 표정으로 은지를 바라보았다.

"너희 둘, 친구잖아. 진짜로 이상한 일이 일어난 건지, 일부러 그런 건지 어떻게 아니? 이게 수능도 아니고, 학원 모의고사잘 본다고 해서 높아지는 건 빌보드 순위뿐인데…… 수학 과목하나쯤은 버릴 수 있는 거 아니야?"

"이게 자작극 같아요?"

서민하가 날카롭게 외치자 분위기가 한층 싸늘해졌다. 강사가 고개를 설레설레 내저었다.

"됐다, 오늘은 모의고사니까 나중에 얘기하자. 윤채랑 가을이는 너무 신경 쓰지 말고. 은지는 마킹 제대로 해."

***

쫓겨나듯이 교무실을 나서자 열두 시 오십 분이었다. 영어 시간이 시작되려면 40분이나 남았다. 서민하는 우리를 빤히 노려보다가 몸을 홱 돌려 복도 저편으로 걸음을 옮겼다. 구경꾼 아이들이 웅성거리는 소리에는 걱정과 흥미가 절반씩 섞여 있었다. 바로 옆에서, 떨듯이 흐느끼는 정윤채를 느끼면서 나는 내가 휴대폰을 올려놓은 탁자라고 생각했다. 휴대폰에 진동이 일면 그 파동이 전해져 오는 탁자…….

하지만 나는 그런 감상에 속수무책으로 휩쓸리는 사람은 아니었으므로, 감정이 거세지면 이성도 한 발짝 치고 나오게 됐다. 황은지는 그런 자작극을 벌이고 울 만큼 연기력이 좋은 애였던 걸까. 서민하는 이걸 정말로 믿는 걸까. 나는 그 애들이 여러모로 속 편해 보인다고 생각했다. 한 달에 400만 원을 내고 음모론에 심취할 수 있는 건 상상력의 증거라기보다는 여유의 증거일 것이다.

다른 한편으로 나는 소문이 진실일 가능성도 생각해 봤지만 잠깐이었다. 너무 오래 고민했다가는 돌이킬 수 없는 상황으로 빠져들게 될 것 같았다. 그게 무엇이든 간에. 정윤채에게 생크림 올라간 커피를 사 먹이고 말없이 자리에 앉아 있다가, 빠듯하게 교실에 도착했다. 그 뒤로 1분쯤이 지나 서민하도 소다 향기와 함께 나타났다. 사탕을 녹여 끼얹은 듯 강렬한 냄새였다.

"차례대로 뒤로 넘기고, 듣기 시간에 뒤쪽 문제 풀 때 너무 시끄러우면 안 된다."

이제는 서민하나 정윤채나 나나, 영어 문제가 가득한 8절지를 눈앞에 두고 있었다. 교실 오른편 앞의 스피커에서 깨끗하지만 건조한 목소리가 들려왔다. 잠시 후 3교시 영어 영역 듣기 평가 방송을 시작하겠습니다. 수험생 여러분은 편안한 마음으로 방송에 귀를 기울여 주시고…….

그런데 소다 향기가 계속 의식되었고 누가 나를 빤히 바라보는 것도 같았다. 나는 이름 칸에 마킹하던 손을 멈추고 뒤를 돌아보았다. 모든 아이들의 눈이 OMR카드에만 쏠려 있다는 걸 아는데도 복도에서 마주했던 시선들이 되살아나 어딘가 다른 공간에서, 손으로 붙잡을 수도 없고 만질 수도 없지만 분명히 존재하는 곳에서 나를 내려다보는 느낌이 들었다. 종이 안의, 칸에 갇힌 납작한 세계를 구경하는 독자의 눈길처럼. 내가 꼭 모의고사의 등장인물이기라도 한 것처럼.

1번, 대화를 듣고 남자의 마지막 말에 대한 여자의 응답으로 가장 적절한 것을 고르시오. 남자가 두 차례, 여자가 한 차례 번갈아 말했고 사방에서 일제히 정답을 체크하는 소리가 났다.

그 울림이 마치 줄줄이 이어지는 시간 속에 갑작스레 끼어들어 방점을 찍는 듯했으므로 나는 내가 차라리 모의고사의 등장인물이라면 어땠을까 생각해 보았다. 대화를 듣고 서민하의 말에 대한 윤가을의 응답으로 가장 적절한 것을 고르시오. 정윤채에 대한 윤가을의 반응으로 가장 적절한 것을 고르시오. 가장 적절한 것은 생각하지 않는 것이었다. 나는 그게 정답이라고 믿었다. 하지만……

3번, 다음을 듣고 여자가 하는 말의 목적으로 가장 적절한 것을 고르시오. Good morning, everyone. This is Sarah Johnson, the classroom manager. Unfortunately, there has been an unexpected fire accident. We will have to temporarily limit access to the classroom to complete the repairs. I am sorry to say that one of our student got injured. We hope to **get everything back to normal** soon. Thank you for listening. (좋은 아침입니다, 여러분. 저는 교실 관리자 사라 존슨입니다. 불행하게도 예기치 못한 화재 사고가 있었습니다. 수리가 끝나기 전까지 교실 접근을 일시적으로 제한할 예정입니다. 우리 학생 중 한 명이 부상당했음을 알리게 되어 유감입니다. **모든 것이 정상으로 돌아오기를** 바랍니다. 들어 주셔서 고맙습니다.)

나는 정답으로 ④ 화재 사고로 교실 사용이 제한됨을 알리기 위해, 를 골랐다. 다른 아이들도 4번을 고를 것이다. 컴퓨터 사인펜의 대군이 달각거리는 순간, 일사불란한 울림을 깨고 비명이 올라왔다. 어디서 타는 냄새가 났다. 창백한 전등 불빛 아래 완전히 다른 색이 끼어들어 있었다. 매캐한 연기가 좁은 원추형으로 퍼져 나가면서 리본처럼 흐느적거리는데 그 사이에는 선명한 불꽃 조각이 섞여 있고, 모든 소란의 시작점은 서민하의 자리다. 서민하의 허벅지를 불길이 뒤덮고 있다. 아이들이 따라 비명을 지르고, 앞다투어 일어나고, 도망가려 한다. 강사도 당황하며 어쩔 줄 몰라 한다. 그 모든 소란에도 불구하고 녹음된 대본을 읊어 내려가는 스피커 속의 목소리.

4번. 대화를 듣고 여자의 의견으로 가장 적절한 것을 고르시오.

나는 마법에 이끌린 것처럼, 또는 마법에서 풀려난 것처럼 굳은 몸에서 힘을 빼고 시험지를 내려다보았다. 3번 문제에 체크된 답은 4번. 한 줄 아래 5번에는 이렇게 적혀 있다.

⑤ 모든 것을 정상으로 되돌리기 위해.

***

주머니에 있던 전자 담배가 폭발했다고 했다.

강사들은 학원에, 그것도 교실에 전자 담배를 가져온 게 잘 못이라고 말했다.

모의고사는 중단됐고 학생들은 자습실로 이동했다. 분위기가 엉망이었다. 다들 인강을 틀어 놓은 채 멍하니 생각에 잠겨 있거나 대놓고 떠들어 댔다. 다들 관두고 집에 가야 하는 게 아니냐는 걱정, 서민하가 아니라 정윤채를 퇴소시켜야 하는 게 아니냐는 주장, 비과학적인 순간들에 대한 간증 따위가 여기저기에서 튀어나왔고 생활 지도 아르바이트생은 말리는 척조차 하지 않았다.

그래서 나는 비로소 소문에 대해 생각하기 시작했다. 죽은 동물과, 학원 건물에서 일어난 사건과, 황은지와 서민하가 겪은 일은 충분히 이상했지만 연결 고리가 부족했다. 그게 모두 엮여 있다고 믿으려면 정윤채가 초월적 존재라는 주장을 인정해야 했다. 어떻게 해야 할까. 왜 하필 지금에야 마음이 흔들리기 시작하는 걸까. 겁먹은 아이들을 바보 취급 하다가 태도를 바꾸려니 기분이 이상했지만 타이밍이 여러모로 절묘한 건 사실이었다. 3번 문제의 내용과 폭발 사고 사이에는 우연 이상의 무언가가 있는 듯했고, 그 무언가를 인정하지 않으려는 건 외면에 불과한 듯했고 그리고…….

"언니, 여기 계셨네요."

정윤채를 다시 만난 건 식당에서였다. 교무실에서 따로 이야기를 마친 뒤에 줄곧 거기에서 쉬고 있었다고 했다. 모두의 시선을 등에 이고 다니면서도 태연히 웃는 모습을 보니 오싹한 느낌이 들었다. 어제였더라면 정윤채에게는 연민을, 다른 아이들에게는 경멸을 느꼈겠지만 오늘은 온도 센서가 뒤집힌 것처럼 모든 감각의 방향이 반대로 변했다. 두려운 동시에 그 두려움이 지겨웠다.

정윤채가 마녀든 초능력자든 간에 나는 한국에 15,000명쯤 있는 의대 지망생이고 의대를 가야만 하는데. 여긴 기숙학원 윈터스쿨이고 나는 공부를 하려고 온 건데. 언제나 그랬던 것처럼 누군가는 떨어지고 누군가는 붙을 것인데. 의대 정원은 한 해에 3,000명. 매년 세강기숙학원을 거쳐 가는 학생의 수는 재수생과 고등학생을 합해 1,000여 명. 매년 이 기숙학원에서 배출하는 의대생의 수는 300여 명. 그 1,000여 명과 300여 명의 정확한 이름은 중요하지 않다. 누군가는 30%에 들어가고, 누군가는 굴러떨어지는 일이 반복될 뿐이다. 그런데 이게 다 뭐지. 내가 이걸 왜 고민하고 있어야 하지. 그러니까 생각하면 안 돼.

생각하지 마.

마음속의 목소리가 겁먹은 듯 중얼거렸고, 나는 태연한 척 대답했다.

"안녕."

"언니는 어떻게 생각해요? 제가 만약 정말로 초능력자고, 남들의 믿음이 그대로 제 힘이 된다면요?"

정윤채의 표정은 평소와 똑같았다. 아니, 조금 달랐다. 슬 픈 것 같기도 하고 즐거운 것 같기도 했다. 보는 사람에 따라 무 엇이든지 될 수 있는 표정이었다. 목소리도 마찬가지였다. 내용 도. 나는 명확한 것들 너머에 숨어 있는 저의를 골라내려 애썼지 만 소용이 없었다. 선글라스를 낀 채로 정확한 색을 알아내려는 사람이 된 듯했다. 지금, 이 순간에, 그런 소리를 나한테 하는 건 어떤 의미가 있는 행동일까. 아니면 그냥 말하고 싶어서 말해 보 는 걸까. 정윤채는 어떤 생각을 하고 있을까.

마음속의 목소리가, 다시 한번 외쳤다.

최후의 발악처럼.

생각하지 마.

"모르겠어. 솔직히 초능력이니 뭐니 하는 건 말도 안 되는 소리 같고, 별로 신경 쓰고 싶지도 않아. 분위기가 계속 이러면 자습 시간에 방해될 것 같은데, 그건 좀 짜증 나긴 해. 혹시 환불을 해 준다고 하면, 70%는 환불을 해 줘야 맞는 것 같고……."

정윤채는 소리 내어 웃다가 느닷없이 주제를 돌렸다.

"있죠, 어쩌다 보니 초등학생 때부터 전학을 많이 다녔어요. 두 번째로 전학 간 곳에서 자기는 동물이 하는 말을 이해한다고 떠드는 애를 만났죠. 진짜인지 가짜인지는 몰라요. 제가 아는 건, 반 애들이 걔를 엄청나게 놀렸다는 것뿐이에요. 참 재밌죠. 당사자가 하는 소리는 절대 안 믿으면서 자기들이 지어낸 이야기는 철석같이 믿으니까. 그런데 제일 재미있는 건, 그런 일이 반복되다 보면 누군가의 상상은 실제로 일어난 사건으로 변하고 진실은 꾸며 낸 이야기가 되어 버린다는 거죠."

짧은 침묵.

"사실 그래서, 어릴 때는 어른들이 재미없다고 생각했어요. 어른들은 입만 열면 돈 얘기고 상상에는 관심이 없어 보였거든요. 아니더라고요. 합리적인 척하는 법을 배웠을 뿐이지, 다들 소문을 만들어 내고 소망을 키우고 이야기에 빠져 살아요. 어른 버전의 상상이 따로 있을 뿐이에요. 그런데도 현실을 똑바로 바라보는 듯 구는 이유는, 상상에 휘둘리고 싶지 않아서일 거예요. 그게 얼마나 무서운 일인지 아니까 거리를 두려는 거죠. 사실은 이미 붙잡혀 있는데도요. 어쩌면 명확한 현실이 있다는 거야말로, 세상이 규칙에 따라 돌아간다는 거야말로 가장 큰 상상일지 몰라요⋯⋯."

나는 대답하고 싶지 않았다.

***

나 말고도 환불을 생각하는 애들이 여럿이었다. 교무실에
단체로 몰려가서 항의한 뒤 학부모들에게도 말을 전했다고 했
다. 그런데 이상하게도 나는 그 애들이 신은 신발과 크롬하츠
패딩을 보고 있었다. 아니다. 사실은 보고 있지 않았다. 내 눈은
황은지의 부은 얼굴을, 서민하가 정윤채의 뺨을 후려갈기던 순
간을, 정윤채의 눈물 가득한 눈동자를 되풀이하고 있었다. 샤워
실에 기대 전자 담배를 물고 있는 서민하를 다시 보고 있었다.
황윤서와 황은지의 인스타그램 메시지가 내 머릿속에 붙박여
있었다. 내가 그 순간들에 붙들려 있었다.

자습 시간이 끝나 기숙사로 돌아오니 열 시였고 서민하의
발렌시아가 삭스 스니커즈는 사라져 있었다. 서민하가 사라져
있었다. 나는 하나의 사실이 여러 문장으로 쪼개지면서 나 자신
도 함께 중심점을 잃고 흐트러져 나가는 것을 느꼈다. 그리고
언제나 그랬던 것처럼, 일상의 패턴 속에 나를 끼워 넣으려 했
다. 샤워를 하고 머리를 말리고 불을 끄고 침대에 누웠다. 그러

220

는 동안 정윤채가 내게 말을 걸었는데. 나도 대답했는데.

눈을 감으면서 모든 것이 정상으로 돌아오기를 바랐지만, 그런 소망을 품어야 하는 시점에서 모든 것이 잘못되어 있다는 것 또한 알았다. 서민하 무리와 즐겁게 점심을 먹는 시간의 풍경이 가능했던 세계의 한 조각처럼 눈꺼풀 아래의 어둠을 잠시 스쳤고, 붙잡으려 했지만 그럴 수 없었고, 더욱 다양한 가능성이 무한히 확장되면서 나의 지각 바깥으로 폭발했다.

내가 서 있는 곳은 세강기숙학원 정문. 멀끔한 자동차(벤츠 C클래스, BMW 5시리즈, 제네시스…… 그리고 레인지로버 한 대……)들이 주위에서 복작거리며 비둘기를 한두 마리씩 뱉어냈다. 비둘기들이 일제히 우는 소리가 무한히 반복되는 합주 악곡의 한 소절처럼 거듭되며 점차 커졌다.

나는 고개를 들어 자동차 세 대는 지나갈 만큼 넓은 대리석 정문을, 곧게 뻗어 가다가 가운데에 조경수를 끼고 두 갈래로 갈라지는 아스팔트 길을, 지은 지 얼마 되지 않아 반짝거리는 건물을 바라보았다. 강의동은 연한 갈색 벽과 투명한 유리창이 세로 줄무늬처럼 반복되는 구조라서, 눕혀 놓은 티라미수 케이크를 연상시켰다. 한 달에 400만 원이 들어가는, 아주 비싸고 달콤한 케이크. 케이크의 이름은 세강기숙학원 의대관이다. 나는 중앙 건물 안내처에서 카드 키를 받고 로비로 나왔다. 분간이 가지 않을 만큼 비슷비슷하게 생긴 비둘기들이 게시판 주위에 개미 떼처럼 달라붙어 있었다.

결국 나는 의심조차 하지 않고 첫날을 다시금 따라갔다. 비둘기들과 함께 모의고사를 쳤고 비둘기들과 함께 저녁을 먹었고 304호 기숙사로 들어와 샤워실 문을 열었다. 그런데 거기에 있는 것은 소다 향기가 아니라 불길한 피 냄새다. 베이지색 타일에는 물이 한가득 뿌려져 있고 정중앙에는 낡은 공이 하나 놓여 있다. 공의 그림자가 끝나는 곳에서부터 피와 물이 뒤섞인다. 염료를 섞어서 무늬를 낸 유리병처럼, 두 색상으로 흐르는 물줄기. 나는 내 몸이 초보자의 바이올린 연주처럼 삐걱거리고 덜덜거리는 것을 느낀다. 공을 주워 들자 가죽 껍질이 다 여문 과일마냥 터져 나가며 사방에 피와 깃털을 흩뿌린다. 피를 뒤집어쓴 채로 성당의 성화처럼 죽은 새를 안고 있는데, 의식 저편에서 맴돌던 비둘기들의 합창곡이 순간 피 냄새보다 강렬한 느낌으로 다가와 내 정신을 후려갈긴다. 나는 황급히 시체를 내던지고 방으로 뛰어 들어간다. 1.5층 침대에, 정윤채가, 이튿날의 그 자세 그대로 나를 바라보고 있다.

"식당 가실 거예요?"

어느 순간, 시간은 아침으로 바뀌어 있다. 겨울 특유의 희미한 빛이 기숙사 전등이 쏟아내는 빛과 교차하면서 바닥에 이상한 경계면을 만드는 중이다. 나는 그 밝음에 잠시나마 안도하고, 여전한 피 냄새를 느낀다. 공포와 분노가 맞닿은 곳에서 내 목소리가 고함으로 변해 올라온다.

"되돌려 놔."

"무슨 말씀이신지 모르겠어요."

"네가 뭐든 간에, 원래대로 되돌려 놓으라는 거야. 난 그냥 윈터스쿨만 멀쩡하게 끝내면 돼. 네가 정말로 초능력이 있든 이게 다 우연이든 간에 나는 정말로 아무 상관이 없단 말이야. 400이나 내고 왔는데. (나는 문득 정윤채에게는 400이라는 금액이 조금 다른 의미로 다가갈 거라고 생각한다. 나이키×사카이 어글리 스니커즈를 신고 있는 여자애를 생각한다. 그리고 주문처럼 세 개의 문장을 읊는다.) 난 공부를 해야 해. 난 의대에 들어가야 해. 난 의사가 돼야 해……."

정윤채가 부드럽게 웃는다.

"언니는 의사 되면 뭐 할 거예요? 하고 싶은 게 따로 있을 거잖아요. 돈 말고요."

그제야 나는 아주 뒤늦게, 너무 뒤늦게 엄마의 빨간색 모닝을 떠올린다. 내가 입소일 아침에 본 것은 모닝이 아니라 내 대답을 듣기도 전부터 올라가고 있던 차장과 그 너머의 엄마였던 것 같다. 내가 본 것은 비수도권 아파트 전셋값만큼은 비싼 외

제차들이 아니라 차를 멈춰 둔 채 차장을 내리고 자식과 이야기 나누는 부모의 모습이었던 것 같다. 내가 부러워하고 또 기분 나빠한 건 어떤 애들이 강남에서 왔다는 사실이 아니라 그 애들이 서로 알고 지낸다는 사실 그 자체였던 것 같다. 그들의 세계가 흥미진진하고 세련된 드라마라면 내게는 구질구질한 이야기만 있다는 사실이 싫었던 것 같다.

결국 정윤채와 함께 다녔던 것은, 소문을 모두 무시하려 애썼던 것은, 정윤채가 귀찮게 굴지 않아서도 아니고 내가 합리적이어서도 아니라 그냥 내가 그걸 바라서였던 것 같다. 그러나 어디에 초점을 맞추든 내가 맞서야 하는 것은 다만 엄혹한 현실이고 내가 그것을 다룰 방법은 오로지 성적이다. 성적만으로도 충분하다. 그렇게 믿으려는데 눈앞이 흐려지면서 정윤채의 미소 짓는 얼굴이 물에 잠긴다.

"불쌍하게. 울지 마세요. 저보다 두 살이나 많으면서."

그리고 부드러운 감촉이 잠든 공주를 깨우는 왕자의 입맞춤처럼 내 이마에 내려와 앉는다. 그게 지금껏 겪은 모든 온기보다도 따스하다고 느끼는 순간 세계가 한 점으로 수축하면서 그 무엇도 될 수 있는 시간과 해석이 나를 관통해 나아간다. 노이즈 낀 여섯 장의 사진, 민평중에서 죽은 열아홉 마리의 비둘기, 황윤서의 인스타 DM, 공에 들어 있던 죽은 비둘기, 협력 업체의

CCTV 점검, 장애인 화장실의 휴지, 정전, 모든 칸이 까맣게 채워진 OMR카드, 폭발하는 전자 담배, 폭발. 내 심장이 부드러운 위로로 충만해진다.

"되돌려 놓을 테니까, 그만 울어요. 전 언니가 좋거든요."

그 말과 동시에 시간은 휘청 기울어 제자리로 돌아와 있고 나는 어둠의 복판에 서서 1.5층 침대를 노려보고 있다. 내 눈가에는 눈물이 없고 샤워실은 깨끗하기만 하다. 희미한 소다 향이 감도는 샤워실 불을 껐다가 켰다가 하고, 복도에 한 걸음을 내디뎌 보다가, 다시 1.5층 침대 앞으로 돌아온다. 정윤채는 벽을 바라본 채 아기처럼 이불깃을 꼭 껴안고 잠들어 있다.

나는 그 애를 흔들어 깨우고 싶은 충동을 억누르며 묻는다. 이 모든 건 진짜로 일어났던 일일까? 아니면 스트레스와 꿈이 뒤섞여 만들어진 환각일까? 사진의 노이즈는 순간적인 버그일지도 모르고, 비둘기는 미친 사람의 소행일지도 모르고, 엘리베이터나 매점 전등은 시설 전산망의 문제일지도 모르고, OMR카드는 황은지의 자작극일지도 모르고, 영어 듣기 평가 도중에 전자 담배가 폭발한 건 단순한 우연의 일치일지도 모른다. 어제까지 그랬던 것처럼, 나는 여전히 확언할 수 없다. 확언할 수 없다는 것은 모든 상상이 가능하다는 뜻이다.

낱말로 옮기기에는 버거운 생각에 짓눌려 있다가 겨우 몸을 움직였다. 밤의 어둠은 정온하고 스산해서 마음먹기에 따라 그 무엇이라도 될 수 있을 것 같았다. 그러나 학원의 공식 일과 표에는 이 시간 전체가 00:00~07:00으로만 적혀 있을 터였다. 나는 그래서 수치와 규칙으로 이루어지는 물질의 세계는, 어른 들의 세계는, 가혹하거나 냉담한 무언가가 아니라 엄정한 안식 처라고 생각해 보았다. 숫자와 패턴은 이야기와 관심과 상상과 소문의 세계를, 허무맹랑할 만큼 위험한 정신들을 규율하기 위 해 존재하는 것이라고.

사람은 사건을 보이는 그대로 내버려 두지 않는다. 어떡하 든 자신만의 이야기를 덧붙이고 주변에 나누려 한다. 흥미를 위 해, 불안을 달래기 위해, 상황을 유리하게 바꾸기 위해, 편안해 지기 위해, 친구들과 함께하기 위해. 그래서 진실이 아닌 이야기 에서도 진심은 나오고, 그 진심이 다시 진실을 바꾼다. 현실이라 는 이름 아래 믿는 것, 추측한 것, 상상한 것이 뒤섞인다. 그렇게 완성된 세계는 아름답기도 하지만 끔찍하기도 해서, 누군가를 치유하는 한편 누군가는 따돌리고 짓밟아 놓는다.

나는 마음속의 천칭에 정윤채가 정말로 위험한 존재일 가 능성과 소문에 휘말려 자퇴를 택했다가 똑같은 일을 마주한 열 일곱일 가능성을, 다시 올려놓았다. 그리고 지난 2주간의 일이 사고와 소문이 겹쳐서 일어난 해프닝이라면 정윤채에게 초능력이 있는 게 공평할 거라고 생각했다. 무엇이 진실인지는 모른다. 그렇지만, 말 몇 마디로 다른 사람을 붙잡아 흔들 수 있다면, 흔들린 사람도 똑같이 할 수 있어야 이치에 맞았다. 그러니까 외로워서든, 꿈에서 느낀 온기가 따뜻해서든, 합리적으로 생각하면 말이 안 되는 의심이어서든 간에 나는 내일도 정윤채와 함께 식당에 있을 테고 함께 산책할 거였다…….

나는 정윤채를 믿고 싶었고, 믿을 거였다.

그 결론이 다시 내 세계였다.

일요일 아침의 빛이 저 멀리에서 다가오고 있었다.

감정의 주파수를 맞추는
네 편의 이야기

허민영(사서 교사)

미도라는 이름을 가진 고양이 한 마리와 함께 살고 있습니다. 미도는 소리 없이 방긋이 웃는다는 미소(微笑)에서 가져온 이름입니다. 이름을 잘 지은 덕분일까요. 실제로 미도와 함께 산후 웃는 날이 많아졌습니다. 하루의 시작과 끝을 함께하며 스치는 그림자에도 방긋 웃습니다.

물론 싸우는 날도 있습니다. 언어는 다르지만 각자의 방식으로 서로에게 화를 냅니다. 미도와 싸운 어느 날 오은 시인의 시구가 마음에 날아들었습니다.

한 걸음과 두 반걸음은 달라서 함께 걷는 일은 겹는 일이었다

어긋나서야 겨우 완성될 수 있었던 바구니 같았다*

가족과 친구는 나를 행복하게 하기도 하지만 힘들게 하기도 합니다. 서툰 표현에 상처를 주고받을 때면 자꾸만 어긋나는 느낌을 지울 수 없습니다. 이대로 영영 멀어지는 건 아닐지 마음 한쪽이 무겁습니다. 그럴 때 저는 함께 사는 일 역시 겪는 일이라며 마음을 다독입니다. 중요한 건 씨와 날이 어긋나야 완성되는 바구니처럼 어긋나도 자꾸만 닿아 있는 마음입니다.

앤솔러지를 구성하는 네 편의 이야기에는 서로 다른 초능력을 가진 청소년이 등장합니다. 이들은 초자연적인 능력을 갖추고 태어나거나 우연히 얻었으며 그 실체가 분명하지 않은 경우도 있습니다. 흔히 초능력 하면 절대 악으로부터 세상을 지켜 내는 장면을 상상하지만 소설 속 주인공은 자신과 자신을 둘러싼 세상을 지킵니다.

네 명의 작가(이진, 탁경은, 하유지, 단요)는 초능력을 사용하는 청소년을 통해 '마음의 연결'을 재조명합니다. 첫 번째 소설 「동물어 듣기 평가」에서 '나'는 동물과 말할 수 있습니다. 이

* 오은, 『없음의 대명사』, 문학과지성사, 2023

초능력으로 인해 어린 시절부터 귀찮은 일에 시달렸던 나는 튀지 않기 위해 노력합니다. 진주는 이런 나를 이해하는 하나뿐인 사람 친구입니다. 하지만 어느 날 진주가 어떤 예고도 없이 사라집니다. 나는 까치와 고양이 등 길에서 마주치는 동물에게 도움을 요청하며 진주의 자취를 밟습니다. 사라진 진주의 마음에 어떻게 다가갈 수 있을까요? 소설 속 나를 따라가면 질문에 대한 답을 얻을 수 있습니다.

일기 같은 혼잣말들을 읽어 내리며 나는 가슴이 먹먹해졌다. 내가 전혀 눈치채지 못한 진주의 생각과 온갖 감정이 비밀 계정에 고스란히 담겨 있었다.(본문 32쪽)

많은 청소년이 타인과 연결을 원하며 '숨기고도 알려지고도 싶은 마음'을 SNS에 드러냅니다. 작품 속 나는 SNS를 통해 그동안 알지 못한 진주의 생각과 감정에 다가갑니다. 그리고 진주를 찾는 결정적 단서를 얻습니다. 하지만 SNS는 좋아하는 사람에게 가닿기 위한 수단 중 하나일 뿐입니다. 여기에 섬세한 관찰과 진심 어린 걱정 등 마음을 건너는 다양한 방법이 버무려져야 합니다.

이 과정은 꽤 조심스럽고 짐스러우며 용기가 필요한 일입니다. 하지만 연결이 되었을 때 마주하는 세상의 빛은 아름답습니다. 소설은 주인공을 통해 그 빛의 시작을 살며시 보여 주며 마침표를 찍습니다.

두 번째 소설 「알고 싶다, 알고 싶지 않다」는 '아름'이 초능력을 얻게 되는 상면에서 시작합니다. 평소처럼 편의점에서 도시락을 사 먹은 아름은 '접촉'하는 상대의 미래를 보는 능력을 얻습니다. 하지만 아름은 미래를 안다면 사는 게 지루해질 거라며 이 능력을 반기지 않습니다.

반면 범석은 자신의 미래를 알고 싶어 합니다. 범석은 미래를 알고 그에 맞는 계획을 세우고 싶어 하지만 꿈이 없는 현실에 고통스럽습니다. 소설은 자신의 능력으로 인해 혼란스러운 아름과 그런 아름에게 접근하여 미래를 알아내려는 범석의 시선을 교차해 보여 줍니다.

많은 청소년이 불확실한 미래를 두려워하며 누군가 미래를 알려 주면 좋겠다고 생각합니다. 불확실로 인한 두려움 이면에는 설렘이 있습니다. 청소년기는 흰 도화지입니다. 이 도화지는 내가 선택한 도구와 몸의 움직임으로 채워집니다. 그렇게 도화지의 그림과 색감은 선명해집니다. 작가는 첫 획을 망설이는 청소년에게 먼저 좋아하는 것을 찾으라고 제안합니다.

내가 서 있는 위치야. 위치를 알아야 목적지까지 가는 최단 경로를 안내해 줄 수 있어.(114쪽)

좋아하는 것을 안다는 건 나의 위치를 안다는 것입니다. 우주를 좋아하는 아름의 위치와 아름을 좋아하는 범석의 위치는 이 둘을 어디로 데려 놓을까요. 독자는 범석을 통해 불확실한 미래에 대한 걱정을 발견하고 아름을 통해 위로받으며 정해지지 않은 미래에 한 발짝 나아갈 힘을 얻습니다.

세 번째 소설 「치유자 심도담과 호랑이 메시아」에도 '접촉'은 중요한 초능력의 수단입니다. 주인공 도담은 초록색으로 빛나는 부위에 손을 얹으면 통증이나 증상을 완화하는 능력이 있습니다. 특별한 능력을 가진 도담이 초록색으로 빛나는 사람을 따라가며 반복하는 고민이 있습니다. '내가 저 사람을 맘대로 고쳐도 되는 걸까?'

경험은 결심을 만듭니다. 그 결심은 행동을 만들고 그 행동으로 다시 경험합니다. 그렇게 내가 만들어집니다. 도담은 초록색 뾰루지를 건드렸다가 친구에게 욕을 듣거나 남의 몸을 더듬는 변태라는 놀림을 받습니다. 상처를 치유하며 상처받은 경험이 쌓이자 가족에게만 능력을 사용하기로 결심합니다. 하지만 도담은 길에서 우연히 만난 할머니를 위해, 천식으로 위급한 친구를 위해, 치유 능력을 사용하며 앞으로 어떤 결심을 해야 할지 고민합니다. 이야기 속 인물은 결심은 번복하는 과정에서 혼란과 방황을 겪으며 자신을 창조합니다.

상처에 손을 대자 마음속에 손이 또 있어서, 그 마음의 손이 몸의 손에 포개지는 것만 같았다. (132쪽)

'엄마 손은 약손'이라는 주문이 있습니다. 이 주문을 외우며 엄마의 손이 배에 닿았을 때 통증은 마법같이 사라집니다. 이처럼 마음의 손에 몸의 손이 포개지는 기적은 인상 깊은 연결의 장면입니다. 그렇다면 마음은 연결되어 있지만 손이 닿을 수 없는 상대는 치유가 가능할까요. 이는 소설 속 후반부에 등장한 파란색 빛에서 힌트를 얻을 수 있습니다.

여기 초능력에 의문을 던지는 소설이 있습니다. 마지막 소설 「상상하는 일」입니다. '가을'은 엄마의 응원을 받고 세강기숙학원에 들어갑니다. 공부에 방해되는 물건을 들고 올 수 없는 이곳에서 가을은 한 달 동안 빼곡한 커리큘럼에 맞춰 공부합니다. 소설은 수능을 향해 살아가는 단조로운 삶 속 숨 막히는 일상을 그려 냅니다.

수능은 모든 타인을 경쟁자로 만듭니다. 줄 세워 등급을 매기는 수능이란 제도 앞에서는 공동체라는 가치는 허울 좋은 신기루일 뿐입니다. 소설의 배경이 되는 세강기숙학원은 수능의 가치를 투영한 공간입니다. 이곳에서는 '빌보드'라 불리는 모의고사 등수표를 모두가 보는 앞에 게시합니다. 빌보드 최상위에 있는 가을은 자신의 밑으로 나열된 이름을 무시하기 위해 애씁니다. 의대에 가는 것만이 이곳의 유일한 목표이기 때문입니다.

그래픽 카드가 망가진 것처럼 깨져 보이는 사진을 시작으로 의미심장한 일이 잇따릅니다. 축구공 안에 비둘기 사체가 들어 있거나 강의 중에 참새가 닫힌 창문에 부딪혀 죽는 등의 기괴스러운 사건의 한가운데에는 윤채가 있습니다. 일상에 비일상이 끼어들기 시작하지만 가을은 외면합니다. 이유는 단 하나, 공부에 방해되기 때문입니다. 애처로운 무시를 비웃기라도 한 듯 기괴한 일은 가을에게도 일어납니다.

결국 기이한 일의 원인은 발견되지 않습니다. 누군가의 초능력일 수도 단순히 우연이 겹친 것일 수도 있습니다. 진실은 우리 주변에 있고 모습을 드러내고 싶어 하지만 관계의 단절 앞에서는 자취를 감춥니다.

청소년은 숨겨진 초능력을 하나둘 꺼내 보이며 어른이 됩니다. 좋아하는 걸 알게 되는 초능력. 타자의 아픔이 느껴지는 초능력. 자신이 갈 길을 스스로 선택하는 초능력. 무언가를 바꾸고자 뛰어드는 초능력. 이런 초능력으로 청소년은 사람과 사람을 건너 세상에 가닿습니다.

모든 어른에게는 이러한 초능력이 있을까요? 글쎄요. 어른이 된 후 자신이 겪었던 경험과 기억을 왜곡하며 초능력을 숨기는 이도 있습니다. 다시 초능력을 꺼내기 위해서는 예민한 감정의 진폭이 필요합니다. 이것이 이 책을 읽어야 할 이유입니다. 감정의 주파수를 맞추어 주는 네 편의 이야기는 어른 독자에게 자기 삶 일부를 찾아가도록 도와주며 청소년 독자에게 세상 너머를 보는 날개를 달아 줄 것입니다. 더불어 네 작품은 벤 다이어그램의 교집합처럼 연결되어 있습니다. 소설 간 연결을 찾으며 이야기 속 작은 고리를 발견해 가는 재미는 이 책에서 누릴 수 있는 특별한 경험입니다.

인터뷰 클립

작가가 작가에게 묻다

Q. 이 진: 범상치 않은 소녀 아름이는 사실 UFO에서 내려온 외계인이 아닐까요? 아름이의 뒷이야기가 궁금합니다.

A. 탁경은: 아하, 그래서 아름이가 우주와 별을 사랑하는 걸까요? (웃음) 저도 아름이가 앞으로 어떤 사람으로 성장할지 몹시 궁금하네요. 음, 그냥 저의 바람을 몇 자 적자면, 저는 아름이가 사람을 잘 사랑하는 사람으로 자랄 것 같아요. 어설프거나 못나게, 가 아니라 지혜롭고 따뜻하게 사람을 아끼고 사랑할 줄 아는 능력이 생각보다 참 어려운 거잖아요. 어쩌면 아름이의 진짜 초능력은 바로 이것일지도 몰라요.

Q. 이 진: 작가님은 어떤 도시락을 좋아하세요? 내가 직접 싸는 도시락, 남이 싸 주는 도시락, 사 먹는 도시락…… 도시락에 얽힌 작가님의 추억이나 취향을 나누어 주세요.

A. 탁경은: 저는 김밥을 정말 좋아해요. 도시락, 하니 소풍이 떠오르고, 소풍을 생각하니 엄마가 싸 준 김밥이 생각나네요. 엄마표 김밥에는 햄 대신 무말랭이 김치가 들어갔어요. 매콤한 무말랭이 김치 덕분에 아무리 많이 먹어도 질리지도 않고 느끼하지도 않았죠. (김밥 생각을 하니까 어느새 또 침이 고이네요.) 소풍 시간이 너무 이르거나 애매해서 김밥을 싸 줄 수 없으면 유부초밥을 만들어 주셨어요. 짭조름하게 간장에 조린 우엉과 소고기가 들어간 유부초밥 또한 제가 무척 좋아하는 소풍 도시락이었어요. 지금도 종종 유부초밥을 만들어 먹는데, 밥 대신 두부를 넣거나 간장에 조린 우엉 대신 고추장에 매콤하게 볶은 소고기볶음을 넣어도 맛있더라고요.

Q. 탁경은: 만약 치유의 능력을 갖게 된다면 작가님은 누구에게 초능력을 쓰고 싶으신가요?

A. 하유지: 크고 작은 질병으로 힘들어하는 주변 사람들과 동물들을 고쳐 주고 싶습니다. 그리고 이 소설에서처럼 사진으로도 다른 누군가를 치유할 수 있다면, 그때에는 더 많은 이들에게 도움을 줄 수 있겠지요.

Q. 탁경은: 작가님의 작업 습관이 궁금합니다. 작업 루틴이 있으시다면요? 그리고 작업하실 때 가장 중요하게 생각하는 원칙이 있으신가요?

A. 하유지: 먼저, 전날 써 둔 부분을 쭉 읽으면서 고칩니다. 그

러고 나서 오늘 분량을 이어서 쓰고요. 평소 생각이 날 때마다 구상이나 아이디어를 적어 두고, 작업 상황도 간단하게나마 기록해 둡니다. 가장 중요하게 생각하는 원칙이라면 '재미있으면서도 의미 있는 글을 쓰자.'는 것입니다.

**#3
하유지 작가,
단요 작가에게 묻다**

Q. 하유지: '초능력'이란 말이나 개념은 작가님에게 어떤 느낌으로 다가오는지요?

A. 단 요: 개인적으로는 별다른 감상이나 의견이 없는 편입니다. 그리고 초능력이 있을지라도 마찬가지일 것입니다. 예컨대 사람은 자신이 오렌지 주스를 마실 수 있다는 사실이나 언어를 이해할 수 있다는 사실에 각별한 의견을 가지지 않습니다. 피아니스트들에게 피아노를 치는 능력

은 당연한 것이고, 화가들에게도 그림을 그리는 능력은 당연한 것입니다.

반대로 자신이 잘하지 못하는 일에 대해서는 의견을 가지기가 더 쉬워지는데, 그것조차도 언제나 일어나는 일은 아닙니다. 대부분의 사람이 스포츠카 레이서들의 능력에 대해 별다른 생각이 없는 것처럼요. 하지만 초능력으로 분류되는 것들은 다분히 낭만적이기 때문에, 많은 사람들이 흥미를 가질 만한 주제라고도 생각됩니다.

Q. 하유지: 책을 읽은 독자들에게 들려주고 싶은 말씀이 있을까요?

A. 단 요: 위에 썼다시피, 능력에 대한 의견은 '바라지만 아직은 지니지 못한 것'에 대한 의견일 수밖에 없다고 생각합니다. 혹은 '바라지 않는데 지니게 된 것'에 대한 의견일 수도 있겠지요. 필요와 현 상황과 지향점이 같은 방향을 가리키면 그 부분에 대해서는 더 생각하지 않게 되니까요. 달리 말하면 초능력에 대한 상상, '의견을 가질 수밖에 없

는 능력'에 대한 상상이란 어긋남에 대한 상상이라고도 할 수 있을 것 같습니다. 필요와 현 상황과 지향점이 일치하는 경우는 얼마 없고, 그래서 삶은 조금씩 어긋난 순간들의 연속이 됩니다. 하지만 삶의 의외성과 각별한 재미 또한 그 어긋남으로부터 출발하는 것이니까, 당연하기만 한 삶은 별로 재미있지 않으니까, 『숨은 초능력 찾기』가 그런 재미를 담고 있길 바랍니다.

**#4
단요 작가,
이진 작가에게 묻다**

Q. 단 요: 결말에서 주인공은 양말이의 말을 '야옹' 소리로 밖에는 듣지 못하게 되지요. 긴 시간이 흐른 뒤에, 주인공은 '동물어를 들을 수 있었던 과거'를 어떻게 기억할지, 어떤 감정을 품을지 궁금합니다.

A. 이　진: 주인공은 어른이 되어 가며 사람 친구를 많이 사귀고, 상대적으로 동물들과 대화하는 일은 점차 줄어들 거예요. 잘하던 외국어도 쓰지 않는 기간이 길어지면 잊어버리는 것처럼 나중에는 다른 사람들처럼 아예 동물어를 할 줄 모르게 되겠지요. 그렇다고 해서 동물들과 대화하던 시절의 경험과 기억까지 없었던 셈 치고 살아가지는 않을 거예요. 언어는 잊어버려도 언어를 통해 얻은 다양한 감정들은 평생 남으니까요.

아주아주 오랜 시간이 흘러 할머니가 되고 나면 다시 한번 동물어에 귀가 트일지도 모르겠어요. 그때는 오히려 '사람어'를 잊어버리거나 잊어버린 척하며 지낼지도요.

Q. 단　요: 작중에 등장하는 아이들의 행동에는 모두 그럴 만한 이유가 있지만 그게 언제나 좋은 결과로 이어지는 것은 아닙니다. 다소 비겁해지기도 하고요. 하지만 이런 충돌을 딛고 화해에 닿는 데에서 인간관계에 대한 믿음을 엿볼 수 있는 것 같은데요, 작가님의 의견이 궁금합니다.

A. 이　진: 충돌이 없이는 화해도 없고, 나쁜 시절을 겪지 않은 채 더 좋아지기도 어렵다고 생각합니다. 인간관계뿐만이 아니라 홀로 내리는 결정과 선택에 있어서도 마찬가지입니다. 물론 충돌을 최대한 피하며 좋은 결과에 도달할 수도 있습니다. 그러면 충돌을 피하는 것이 제일 큰 목적이 되어 버리고, 좋은 결과를 내는 것은 부차적인 목적이 되고는 하더군요. 그렇게 얻은 결과가 과연 가장 좋은 결과일까 묻는다면 저는 조금 의심스러워하는 편입니다.

숨은 초능력 찾기

1판 1쇄 발행 2023년 11월 30일
1판 2쇄 발행 2024년 5월 30일

지은이   이진, 탁경은, 하유지, 단요

편집   이혜재
제작   세걸음

펴낸이   이혜재
펴낸곳   책폴
출판등록   제2021-000034호
전화   031-947-9390
팩스   0303-3447-9390
전자우편   jumping_books@naver.com

© 이진 탁경은 하유지 단요, 2023

ISBN 979-11-93162-19-4 (43810)

너와 나, 작고 큰 꿈을 안고 책으로 폴짝 빠져드는 순간
책폴

블로그   blog.naver.com/jumping_books
인스타그램 @jumping_books

이 도서는 한국출판문화산업진흥원의
'2023년 우수출판콘텐츠 제작 지원' 사업 선정작입니다.

책폰